목소리들

목소리들

16인의 시인들이 함께하는
앤솔로지

청색종이

목소리들

16인의 시인들이 함께하는 앤솔로지

권성훈

2000년 《문학과 의식》에 시, 2013년 《작가세계》에 평론이 당선되었다. 시집 『푸른 바다가재의 전화를 받다』 『유씨 목공소』 『밤은 밤을 열면서』와 저서 『시치료의 이론과 실제』 『폭력적 타자와 분열하는 주체들』 『정신분석 시인의 얼굴』 『현대시 미학 산책』 『현대시조의 도그마 너머』, 편저 『이렇게 읽었다—설악 무산 조오현 한글 선시』 등을 냈다. 2018년 아르코문학창작기금 수상작가로 선정되었다.

네온사인 꽃

색색의 꽃을 끓이는 번화가 밤이 켜진다

봄밤에 부풀어 오른 독성의 시간 꽃밭에서 속을 태운 수식어 같은 거품들이 일어선다 드디어 가지가지 꿈틀거리는 네온사인 동공이 애를 쓰며 분가루를 칠하고 어서 하루의 피로를 푸세요 꽃잎으로 지그시 뜨거워지는 나는 당신을 적시고도 남아요 아주 밝은 눈으로 너무 어두운 당신을 가질 수 있는데 그게 바로 당신과의 가까운 미래 한동안 불끈한 탄성은 죽어도 말이 없어 물방울방울 놀다 터지고 시침이 떼면서 한 바퀴 더 도는 지난 계절의 신작로

수명이 다한 꽃들이 제 몸을 갈아 끼울 때까지 아직은 아니 나비같이 퍼덕이다가 내려온다

행복한 밥상

발라진 생선뼈들이 한 접시로 포개 진 행복한 밥상
형체도 없이 살점 빠져 나간 배후에 잔뿌리들
적나라한 오후의 관절을 바다가 토해 놓았나
썰물이 지나간 자리는 뼈로 일군 가시밭길
살아온 마디마디 수평선을 촘촘히 가르치고 있다
여기서는 고개를 숙이고 말소리를 줄여야 해
단단한 것들은 앙상하게 남은 등을 보이고
속속들이 들여다보이는 허기진 파도가 헤엄치며
나란히 다녔던 수심 깊은 가시를 숨죽이며 헤아리고 있잖아
아직 가야할 길이 한창 남았는지
반쪽 얼굴을 잊고 눈알도 빼 먹은 채
지칠 줄 모르는 서로의 육탈에 기대어
달그락거리며 왔던 길을 향해 간다
물결 없이 건너가는 가벼워진 생애 무게가 한상차림이다

와글와글 아귀네

어느 동네 가더라도 소문난 아귀찜 있지
물과 음식을 먹으면 사라지는 전설과 같이
먹었지만 먹었다고 할 수 없는
죽으면 다시 환생한다는 아귀들이 사이좋게 모여 사는
배고픈 입 속에 말의 입이 말없이 자란다
입술에 숨어 있는 수 만개의 말 속에
입 밖의 말
먹을수록 배가 고파서 이빨을 드러내는
고통보다 큰 입을 가진 목구멍 속으로

이제 그만, 그 입을 다시 태어나지 못하도록 보기 좋게 떠나
보세요

당신이 사라진 후에도 남아 있는 식탁에는
사라지지 않은 배고픔이 바늘구멍처럼 작은 입을 촘촘하게
드러내고 웃고 있다
배고픔도 가져가지 못한 아귀의 입술
꼿꼿했던 등을 가로 막으며
저주의 깊은 구멍 속에 빠져들고 말 것을

복제 골목

한때 누군가를 목숨처럼 매달고 오랜 동안 당신을 나로 입력하던 미역귀 날들이 사방 코드로 복원되는 무허가 거미줄처럼 또 중심을 흔들면서 앞쪽은 뒤쪽을 펄럭였지

그 안에 무엇이든 하얀 선율들로 채울 수 있을 때 바닥까지 속을 비우고 끊어질 듯 부피를 줄이고 팽팽한 시위를 당긴 채 혈액을 공급해주는 거다

실마리 점들은 선이 되고 선은 면이 되는 백지장 거죽만 펼쳐진 풍경 끝으로 지워진 것을 지웠다는 것조차 모르게 지워야했지만

끊어진 기억까지 도색된 표정으로 프린트 지나가는 엑스선 앞에 서면 하얗게 박제된 당신의 족적을 빠져나갈 수 있는 거다

권오영

한신대학원 졸업. 《시와 반시》로 등단. 시집
『너무 빠른 질문』. 나혜석문학상 수상.

꿈의 꿈

찰나를 찰라로 발음할 때
이 겨울 나비가 된다

크르릉크르릉 강풍은 불고
전선줄에 감긴 비닐은 깃발이 된다
무당이 죽어나간 길가 빈집
사흘 밤낮 향냄새가 난다

왕국회관이 보이는 창밖은
제 방식대로 어둡다

잠은 제멋대로 보지 못한 것을 보여주고
고약한 냄새는 꿈속까지 따라와 곁에 눕는다
왼쪽이 없는 다리가 가랑이를 파고들고
귀를 잘라 얼굴에 붙이는 한 이불 속이 덥다

앞가림도 못하는 꿈이
쓸데없이 잠을 간섭하고

무언가가 되는 꿈을 보여준다
쏟아지는 잠속에서 귀가 자란다
성장이 빠른 잠의 뿌리는 가지마다
귀를 매달고 꿈속을 파고든다

키우던 나비가 바닥에 깃발을 꽂았다
고양이는 어둠 속에서 얼룩을 완성하고
꽃신을 신었다

나비가 꽃을 찾는 꿈을 낮에도 꾼다
겨울 강을 건너는 나비는 얼마나 고단한가

목욕 마친 아기를
타일 바닥에 떨어뜨린
꿈을 꾼 어제는 가고
밤은 가고
아침 해가
두 개로 보이는
오늘

정오도 이미 지나고
아기는 무사했을까
놀란 가슴은
아직도 쿵쿵 뛰는데
얼음은 언제 풀어질까
얽힌 꿈은 언제 풀어지나
나비는 무사히 강을 건넜을까
언제 끊어지려나 꿈

월요일이 사라졌다

그들은 떼를 지어 온다
가족단위로 뭉쳐 다니고 단체로 모인다

요일이 소란을 떨며 요일을 기념한다

기념일이 전부가 되기 위해 혼자가 된다
요일 사이에 금을 긋는다

같은 시간도 아니고
같은 요일도 아니고
같은 사람들도 아니고 아무것도
같지 않아서 칸을 나누어 진실 거짓 확실 불확실
칸마다 넣어둔다 요일이 온다 분별이 없어
무엇을 꺼낼지 알 수 없다

90초의 생각이 요일을 몰고 온다
높은 담장의 수국들 고개 떨구고
일요일의 장미가 담을 넘는다
기뻐하는 교회 모퉁이 부추꽃이

오후 두 시 햇빛을 견디고 있다

요양원의 일요일은 같고 길다
똥을 싸서 그린 벽화는 진실하다
진실을 지켜보는 동안 새날이 온다
감쪽같은 손은 진흙놀이에 몰두한다
벽에 핀 무화과는 줄줄 열매를 흘린다

늙은 귀에서 마법의 비둘기들이 쏟아져 나온다

거짓의 요일을 비둘기들에게 뿌려주면
서로의 얼굴을 기웃거리다 서둘러 사라진다

때가 되자 거짓을 삼킨 새들이 온다

쏟아 부은 말을 속엣말로 담는 동안
일곱 권이나 되는 요약본이 포개진다

기상도

거리가 하나의 극장이 되었어요 대형화면 속에서 상영 중인 지구를 봐요 골프공만 한 우박이 쏟아집니다 유리는 깨지고 도로는 금이 갑니다 모래폭풍이 지붕들을 휩쓸고 사라집니다 식을 줄 모르는 산불로 세상이 뜨거워집니다 주머니에 캥거루를 담고 캥거루가 뛰다 넘어집니다 코알라는 코알라를 안고 가지 위에서 화석이 되어 갑니다 질 나쁜 공기가 몰려와요 마스크를 사야겠어요 절기의 대한에 겨울비가 옵니다 이런 날엔 허풍스러워져요 길들이 젖고 수도권 미세먼지 주의보는 발령 중입니다 눈앞에서 우회전하던 검은 승용차가 정육점으로 돌진합니다 유리를 견디던 뼈들이 부서지고 목덜미들이 거리를 덮었습니다 살점들로 한 장소가 붉어집니다 교복 입은 여학생이 귀가 큰 흰 털 토끼 모자 팔을 잡아당겨요 쫑긋 귀를 세운 토끼는 무슨 이야기든 다 들어줄 모양입니다 큰 귀는 지구의 모든 소리를 다 담고도 남겠어요 먼지의 농도가 짙어 앞이 보이질 않는 날이 많아졌어요 이틀 정도 머문다는 스모그 예보로 어두워집니다 이어폰 꽂은 아이가 마네킹처럼 보여요 세상에 없는 사람의 소리를 듣는 것처럼 보여요 서로가 마스크를 하고 유령처럼 비껴갑니다 바람 불자 우산들이 뛰어갑니다 우산 속에 누가 있는지 한 번도 생각해 본 적 없습니다 세찬 빗줄기 쏟아지는 일월입니다

깊이의 강요

그 속으로
말려 들어가면
빼낼 수 없을 거야

모가 나면 부서질 일이 많을 거라는 말이
고리가 되어 고리를 주렁주렁 목에 걸었네
어디든 굴러다녔네 얼굴의 모서리에서 자란
귀퉁이를 깎느라 입술이 찢어지는 일이 많았네

둥글어져야 해
죽은 지 오래된 엄마는 법을 가르치고

최선을 다한 입구는 둥글어져
깊이를 모를 바닥까지 미끄러졌네
이제 밖은 잊기로 했고 잔발을 저으며
제멋대로 내부를 흘러 다녔네

천 개의 달이 뜨면 천 개의 운명으로 번지는
그 안에서 꿈틀거렸지

해는 피투성이 입술을 자주 비추곤 했는데
60년대 화보처럼 채워지는 어둠은 성벽 같았어

내부에도 외곽은 있어서 정원을 가꾸려고 해
순전히 내부의 방식으로 꽃밭을 키워낼 거야
내부의 뿌리가 썩지 않도록
깊이를 재는 눈금을 표시해야겠어

안을 들여다봐
제 얼굴에 침을 뱉는 그 애가 젖고 있어
그런다고 운명이 빠져나오지 않아

이제 법을 배웠으면 안으로 삼켜
엄마가 겁을 주려는 거야
속 깊은 사람은 둥글지

우물은 혼자 깊어지는 법이야

권
현
지

1991년 경기도 시흥 출생. 2016년 《시로
여는 세상》 신인상에 「프로페셔널」 외 4편
이 당선되어 등단. 시집 『우리는 어제 만난
사이라서』가 있다.

언박싱(unboxing)

극장의 유령들

철봉에 매달린 무의식이 거꾸로 세계를 응시할 때

여기 봐, 누군가 잠든 당신을 깨운다

만질수록 본모습을 잃어가는 점토로 만든 인형, 그림자

내부는 토요일이다, 버스 천장 위로 흔들리는 색색의 손잡이

들, 좌석마다 머리통은 보였다, 보이지 않고

화면 위 내레이션의 자막이 흐르고 있다

흰 종이 위로는 알 수 없는 영문 필기체가 기록된다

내 사랑 둘리

베란다는 정원이었네

우리가 만든 정원

천장엔 주렁주렁 입을 벌린 유자들, 건방지게 툭툭 빨간 씨

앗을 뱉어내고

아파트 축제에서 아빠는 털이 빠지지 않는 애완동물을 찾으

러 나갔지

잠시 후, 보물을 발견한 듯 철장 채 둘리를 데려온 아빠

멀뚱멀뚱 나를 바라보는 이구아나 한 마리

아침에 일어나 둘리야, 둘리야 불렀을 때

둘리는 커튼 위에 매달려 있거나 소파 안에 웅크리고 있었지
둘리는 깊숙한 곳만 좋아해
동네 남자아이들 우르르 집에 몰려와 둘리를 부를 때
너는 어떤 마음이었을까
한겨울, 베란다에서 하얀 똥을 질질 싸다가 그만 죽어버린 둘리
꿈속에서 동그란 눈으로 나를 바라보았지
내게 유일한 기억이라곤 둘리는 머리카락이 없었고
깨끗한 애완동물이었다는 것
(사막, 모래더미 사이로 몸을 숨기는 둘리)

슬리퍼 성애자
태초의 탄생처럼 문고리를 열자
스튜디오를 향해 말을 타고 입장하는 아나운서들
초대석이 있고 무대 앞은 벌거벗은 행위예술가들, 발레슈즈
를 신고 동작을 연마할 때
내 발에도 뭔가가 박혔지
피가 흐르고 끔찍한 발을 쳐다보기 싫어서 그대로 붕대를
감았지,
방긋방긋 웃었어

열매를 드리운 식물처럼, 발에서 진물이 흐르는 것도 모르고
집으로 돌아와 화초들에 물을 준다
　목이 마를 거야, 말 못 하는 화초들, 죽어갈 수도 있잖아
　우리 집은 대가족인데 다들 밤이 돼서야 오거든

스마일 변주곡

나는 예쁘지 않기 때문에 기쁘고

아직 미완이기에 기쁘고

어린 사람이니까 좋겠다는 말을 잘 듣지만

사실 나는 보통의 날처럼

옷을 입었다 벗었다 반복한다 색색의 카디건들

어차피 지나간다잖아,

불안은 사탕처럼 씹어버리면 그만

변주나 복선으로 나를 완성하지 않을 거야

나는 시인이고 둘째 딸 그리고 둘리의 언니

(물주기를 반복한다)

소장님이 그랬는데, 올해 내 등에 칼이 두 번 꽂힌대

그러니 너를 믿을 수 있게

숨긴 총을 앞으로 겨눠

불꽃놀이

공작새의 부리가 딱딱딱 플라스틱 문을 세 번 두드린다
파이 위로는 엉망으로 글씨가 새겨져 있다
부리 안의 문장은 긴 편지를 해독하듯
자주 매만지고 이름을 부르자
처연하고 깊숙한 사연을 가진 혓바닥처럼
입안을 부풀리거나 몸을 조금 뒤집거나 새롭고 낯설어지는
반죽처럼
점차, 세련된 것으로 대체된다

이제, 파이는 한 손으로 들기가 조금 더 무거워졌다
자꾸만 변형되어 자라나는 포도나무는
자주 열매를 떨어뜨리거나, 망각한 채
은폐된 숲 속에서 지독한 향기를 풍긴다

죽은 음악가의 무덤가, 호수공원 앞의 버려진 피아노
그 앞으로 공작새는 무늬를 펼치고
거리의 홈리스는 포도를 따 먹기 시작한다
입술이 붉게 물든 열렬한 구호
등 위의 열린 가방들이 그 음성을 따라 할 때

깊숙이 숨겨둔 빛나는 지퍼들, 이빨들
스케치북을 든 캠페인이 지나간다
호루라기를 분 경비원이 그림자를 뒤쫓는다

즐거운 불꽃놀이가 시작된다
심야, 잔디밭에 앉아 빠르게 햄버거를 뜯어 먹는 소년들
한 손바닥으로 큐브 스테이크를 든 미식가
아직 발견되지 못하고 강 위로 허우적대는 분실된 구명조끼들
줄지어 열린 도깨비시장, 반짝인다
구석, 아프게 자라나는 스투키
유턴하듯 우르르, 쏟아지는 열매들

시소

집 앞에 찾아온 비를 너무 많이 쓸어버렸어
그 비는 고양이로
등 뒤의 그늘을 가릴 수 있는 나무로
나를 찾아왔었지

서로가 서로에게 손가락질한다
시소는 분주하게 움직이고
그들은 발로 바닥을 내리치며
중력의 상태에 머물다 착지한다
반복한다

짓밟는다
이 더러운 지렁이를
꼬랑지 내리는 더러운 개를
집게를 달고 돌진하는 사슴벌레를
털을 감고 다니는 짐승들을
눈이 내린다

빈 구덩이 안에 얼굴을 집어넣는다

풍경이 바뀐다

테두리에 둘러싸여 있다
하얀색으로 변할 수 있는 벽과 벽
모난 벽
성난 벽

맨손으로 언 바닥을 흩어 눈덩이를 만들고
입안에 집어넣는다

시소는 착지와 무중력을 반복하고
해는 뜨거나 진다
골목에서 누군가 안경을 쓰거나 벗는다
전동드릴을 수시로 챙겨서 출근한다
아직, 돌아오지 않는다

빛나는 이파리

냉장고의 문을 열자 천장까지 쌓인 책들
가끔 꿈에서 할머닌 내게 공부하는 사람이 되라고 손짓한다
죽은 자가 지어주는 아궁이 안의 국은 끓고
그 옆 할머니는 검은 피부로 바닥에 떨어진 매미처럼 천천
히 말라가고 있다

그러나 난 나를 믿지 않아요
상담자는 테이블 위에서 턱에 손을 기대고 내 이야기를 듣
는다
난 동시에 내담자가 되어서
사소한 불행을 시소에 달아두고서
이쪽으로 또는 저쪽으로
고깃덩어리 무게를 재어보듯 움직여본다
백지에 이름을 쓴다

제 첫 시집의 감상평은 인터넷 서점 리뷰에 써주시고요
별점도 많이 달아주세요

투명과 투명 사이

문을 박차고 나간다
세계의 망치를 들고
화분을 차례로 깬다
빛나는 이파리
반들반들 윤이 나는 것들을 밟고,
간다
이 세계엔 규칙이 없다

탁구대 위에서 번갈아 가며 튀어 오르는 공
프라이팬을 벗어난 달걀의 착지
터진 물감들의 굳어버린 잔해,
두 개의 널빤지 사이 위에서
방랑하는 손바닥
무수한 모래알들을 손가락 사이로 가늠한다
냉장고는 나란히 서 있다
손잡이를 당기자 잠깐, 화면이 켜진다
거실에서 할머니와 내가 전화기를 들고 숫자놀이를 하고 있다
할머니는 전화기 버튼을 누르며 제법 빠르게 셈을 하고
잠시 후 초인종이 울리고 배달원이 도착한다

우리는 호호 테두리를 불어가며 다정하게 피자를 먹는다

너도 먹어야지, 검은 코 킁킁거리는 개에게도 피자를 떼어주는 할머니

아직, 주머니 안의 쿠폰은 여덟 개뿐이고
나는 줄을 당겨 이 주머니를 오므린다

김병호

2003년 〈문화일보〉 신춘문예로 등단. 시집
『달 안을 걷다』『밤새 이상을 읽다』『백핸드
발리』등이 있다. 한국시인협회 젊은 시인
상, 제8회 윤동주상 젊은작가상, 제1회 동
천문학상 수상.

나만 듣는 말

겨울이라고 하네요

초록을 꺼뜨린 나무들이 밑줄로 서 있는데
어깨 오므려 고백할 기도는 잠시 소홀해도 좋다네요

까무룩 우리 소관 바깥의 일들은 모두 전생으로 향하는데
궁리도 없이 한편으로 쏟아지는 마음은 서늘하다네요

늙은 후박나무 빈 둥지에 한참을 머문 구름의 의중을 묻는
일도 더이상 당신의 몫이 아니라고 하네요

봉쇄수도원 기다란 담장은 다시는 오지 않을 걸 알고 배웅
하는 길인데
먼 길로 돌아가는 뒷모습을 오래 바라보면 몇몇은 새로 눈
동자가 생기기도 한다네요

이제는 당신의 안부를 대신 슬퍼할 일이 없어도 되나요
이제는 더이상 무엇이 되는 일도 없어도 되나요

나는 이제 혼자 남을 수 있을 것 같네요
당신을 충분히 염려하지 않은 탓 같네요

비가 그치면 그만, 겨울이라고 하네요

몽타주

두고 온 것이 많은 어제는 꽃나무의 어둡고 끈끈한 허기와 닮았습니다 고모는 봄을 다 산 꽃나무가 그을음 속에 시퍼렇게 숨는 것도 허기 탓이라 했습니다 새로 나고 드는지 이십삼 층 베란다엔 하루 내내 사다리가 놓여있습니다 그르렁 그르렁 아니 그랑 그랑, 녹슨 미닫이를 기어이 여닫는 소리 같기도 하고 미움 없이 상처를 핥는 짐승의 신음 같기도 한데, 죽는 것보다 늙는 게 더 무섭다고 말하던 고모는 꼽추로 팔순을 넘겼습니다 고모를 볼 때마다 먼 곳을 오래오래 걸어 다녀온 기분이 들었습니다 세상에 낳고 키운 것 하나 없다고 비밀도 함부로 없는 건 아니었습니다만, 누가 시킨 것도 아닌데 자꾸 물녘만 서성이던 고모를 보면 어쩌다가 서서 자는 사람처럼 깎아놓은 지 오래된 사과처럼, 어제가 멈춘 게 아니라 한꺼번에 지나갈 뿐이라는 생각이 들었습니다. 고모의 젖은 흙발자국이 마르는 시간과 고모가 사다 준 딸기맛 아이스바가 녹는 시간의 사이에는 또박또박 건너오지 못한 어제가 있었습니다 서른이 넘고 마흔이 넘고 쉰이 되어도 나는 다만 어제라는 생각을 하게 되었습니다 두꺼워져 가는 어제의 바깥이 저물녘이 다되어도 말입니다

어제는 겨울

어두운 겨울인데
너는 구름이 된다
너는 연애소설을 읽고
나는 고요한 거품이 된다
너는 나를 언니라고 부른다
비닐장판 누른 자국처럼
가난해질 거라고 나는 말했다

종일 허공을 달리는 목마들
무쇠 구두를 신은 소녀들
얼어붙은 귀에 속삭이는 휘파람

구름이 된 너의 뺨을 만질 수 있다면
너는 나의 손을 잡고 걸을 수 있을까
이름을 잃어버린 너의 표정은
어디까지 가닿을까

구름은 차가운 지느러미를 달고
빈 페이지를 지나

겨울을 흐른다

슬픔을 모르는 늙은 왕처럼
등을 어루만지면 사라지는 발자국들

해쓱한 뺨에 글썽이는 일몰을
고스란히 내놓아야 할까 보다
아직 어두운 겨울인데

아무도 모른다고 하였다

빨래를 넙니다
손바닥만 한 속옷과 솔기 터진 수건과 뒤집힌 양말
어떤 싸움이 공평하게 지나갔는지
세 식구 옷가지에 눈꽃이 가득합니다

다시 헹궈야 하나 마르면 털어 날려야 하나
망설이는 한참, 어딘가에 닿으리라는
바람도 없이 허공도 없이 젖은 몸으로
다투던 어떤 생이 생각납니다

거기, 누구 없어요?

빗방울인지 입술인지 알 수 없는
숨결은 어떤 눈빛이었을까요
술래도 없이 숨은 아이처럼 나를
놓친 나는 어디를 날고 있을까요

창밖으론 눈이 펄펄 내립니다
처음으로 돌아갈 수 없는 슬픔처럼

허기가 집니다

닫으면 갇히는 마음은 왜 어려울까요

발자국이 말라갑니다
아직 혼나지 않은 일이 남은 듯
마음이 길쭉해지고 아무도 살지 않습니다

거기, 누구 없어요?

김태경

1980년 서울 출생. 건국대학교 국어국문학과 박사. 2014년 《열린시학》 봄호 평론 등단. 2017년 〈매일신문〉 신춘문예 시조 등단.

꿈을 꾼다

헌 옷 같은 표정을 벗어 세탁기에 담는다
팽창했던 그의 얼굴 거품처럼 가라앉고
덜 덜 덜 흔들렸던 하루도
빈방 구석에 눕는다

오늘과 내일과 오늘이 된 내일이 엉켜
한 덩이 불안이던 바깥이 빨아지면
쉼 없이 부품 만지는
녹슨 손도 표백될까

허브향 유연제를 쌓인 빚에 풀어 넣고
너덜대는 미래에 정전기를 없애고 싶다
털어서 쫙 펴진 밤을
방 곳곳에 널어둔다

보이지 않는 영토

언제나 기울어 있지 수평을 이루지 못해
미끄러진 아픔들은 어디로 떠났을까
마음은 보이지 않아 어루만질 수도 없네

먼지 이는 지평선에 어둠이 내려오면
기울어진 각도만큼 눈물도 흘러가고
침묵이 쌓여가는데 마음은 그대로구나

네모나 세모보다 동그라미를 닮아야 한다
자갈밭을 굴러가도 부서지지 않도록
형태를 본 적 없는데 형태가 무너진다

귀퉁이에 기대어 마음만을 생각했더니
어느새 나의 몸도 귀퉁이가 되어버렸네
언제쯤 기운 지평선을 지울 수 있을까

고무찰흙의 시간

어색한 너의 손을 버릴 수도 있었지만
내 몸의 질감을 바꾸기로 다짐했지
자기를 바꿀 수 있는 건
오직 자기뿐이니

그림자에서 태어나서
그림자로 돌아가는
우리 모두 조금씩 병들어 있을 뿐이래
성벽에 생긴 금들을 멈춰 서서 메워볼까

찰흙 빚듯 매만져서
너의 결에 맞추어서
마법의 성 쌓던 시간을 물렁하게 만들 거야
시간에 주저앉아버린 앉은뱅이를 사랑하지

♭(플랫)

1.
빗방울이 앙가슴을
절반으로 긋고 간다

잎사귀의 잘린 반쪽
깊은 잠에 잠기었나

마지막 밤하늘 보는
눈동자에 별빛이 진다

2.
잊지 못한
숨 빌린 채
매 하루 귀를 열면
뻣뻣해진 양어깨가
반음만큼 낮아진다

단조의
굴곡진 사연
지붕 위를 적신다

문
성
해

1998년 〈매일신문〉 신춘문예, 2003년 〈경
향신문〉 신춘문예로 등단. 시집으로는 『자
라』 『아주 친근한 소용돌이』 『입술을 건너
간 이름』 『밥이나 한번 먹자고 할 때』가 있
다. 대구시협상, 김달진문학상 젊은시인상,
시산맥작품상을 수상했다.

사유지

오늘도 두루미는 물통 속 미꾸라지를 땅바닥에 건져놓고 먹
는다

(모래를 바르고 먹다니!)

나는 그의 몸속에 있을 쭈글쭈글한 모래주머니와
그가 평생 모아놓은 그곳의 쓸쓸한 모래들을 생각했다

발견되지만 않았을 뿐 별이라 불릴 것이다
신기루도 낙타 발자국도 없는 그 위로
진도 6쯤의 울음이 우릉우릉 지나다닐 것이다

날개가 벗겨지고 다리가 무너져서야
지구로 복귀할 모래들

나는 언젠가 철창 끝에서 끝으로 날아가는
그의 슬픈 날갯짓을 본 적이 있다

화살

숟갈을 입에 넣을 때마다
나는 왜 찌르르 화살이 꽂히는 것 같을까
숟갈이 얼굴에 꽂힐 때마다 나는 왜 선뜩해질까

얼굴이 숟가락이라는
둥근 화살에 단련되는 것
밖의 것들이 쉼 없이 안으로 쳐들어오는 것
우리는 그것을 식사라 부른다

말년에 외할머니는 입을 꽉 다문 채
흘려 넣는 죽을 거부하셨지
과녁이 사라진 얼굴 위에서
숟갈은 당황하여 죽을 마구 흘렸지

밖이 안을 단련시키는 습관
하루에도 몇 번씩 나는 숟가락을 꽂고
늙어간다 죽어간다

내 얼굴에서 입이라는

과녁이 사라지면
마침내 숟가락은
안식의 붉은 녹을 얻겠지

울산사람

울산에 가면 고래고기집이 많다고 했다
울산사람들은 모두 고래고기 한 점
안 먹어 본 사람은 없을 거라고도 했다
울산사람들은 살 속에 붉고 선득한 고래고기 한두 점을 섞
은 채
서울로 부산으로 제주도로 가서 산다고 했다
심해를 떠난 성년의 범고래들처럼

울산사람들은 그 때문인지
바다를 보면 이상하게 가슴이 울렁인다고 했다
고래는 자신의 살을 사람들에게 나누어 준 채
버스도 지하철도 비행기도 타고 다닌다고 했다
바다에서보다 오래오래 산다고 했다

그 크고 아름다운 짐승은 어디 가고
폭삭 늙어가는 예순의 사내 하나
광화문 술집에 앉아 고래 먹은 이야기를 한다

흰자위보다 검은자위가 많은 눈을 흘깃거릴 때

나는 문득 내가 실기 강사로 다녔던 예고 문창과 애들 생각
이 왜 나는 걸까
　붉고 비린 삽화 몇 점 살에 못 심어주고
　헤어지게 된 어린 제자들 생각이 사무치게 났다

산양을 찾아서

반월당역에서 울진관광 안내판을 보았다 바다를 배경으로 산양 한 마리가 바위 턱에 버티고 서 있었다 나무토막처럼 갈라진 발굽의 산양은 양보다 산에 가까웠다 금세 독초와의 싸움에서 풀려났는지 털빛이 사나웠다 부드러운 목책 안의 뒤척임들을 경멸하며 더 깊고 거친 산의 내부를 파고 들어갔을 것이다 정부의 사료를 피해 더 깊은 사막으로 들어간다는 베두인족처럼,

몇 해 전 울진에 갔다가 노동문학을 하다 노동자 출신의 남자와 결혼한 친구 집에서 묵은 적이 있다 그녀는 문학을 접은 채 어린 산양처럼 연신 뿔을 들이대는 사내애 둘을 키우며 살았다 바닷가로 횟감이나 사러 간 아침, 그녀는 맑은 날이면 검은 뿔들이 가끔 출몰한다는 곳을 손가락으로 가리켰다 실핏줄이 터진 하늘 끝에 검은 품의 산이 우뚝했다

박헌규

1982년 서울에서 출생하여 서울예술대학교 문예창작과를 졸업했다. 2007년 《현대시》로 등단했다. 2020년 시집 『메모중독자』를 출간했다.

죽은 카나리아 들고

죽은 카나리아 들고 소각장 갑니다.
잉꼬 들고, 토끼 들고, 햇빛 떡따는 소리로 당신께 갑니다.
햄스터 상자에 담겨 좁아터진 기니피그가 가고
넉넉한 카나리아가 가고 잉꼬가 갑니다.
광활한 하느님께서 좁아터진 나와 함께 갑니다.
냄새나는 나와 좁아터진 하느님이 함께 가주십니다.
부패하는 나와 광활한 하느님께서 영원히
좁아터진 하느님으로 기꺼이 가주십니다.
"하느님, 하느님 납골당 어디죠?" 물을 自身까지 들고
당당하게 가주십니다. 광활한 하느님께서
냄새나고 좁아터진 나와 함께 "하느님 소각장 어디죠?"
묻고 물으며 당당하게 가주십니다. 카나리아가,
잉꼬가 가주십니다. 햄스터 상자에 담겨
오늘도 좁아터진 당신이 가고, 토끼가 가고, 기니피그가 가
주십니다.
"하느님, 하느님의 납골당이 어디죠?" 넉넉한 햇빛 들고
소각장 갑니다. 납골당 없는 곳. 태양이,
그림자가 없는 곳. 당신이 기르는 흰 그림자 없는 곳.
오늘은 넉넉한 내가, 오늘은 좁아터진

하느님과 함께 갑니다. 오늘은 좁아터진 카나리아가
당신을 들고, 잉꼬가, 햄스터가 썩기 시작하는
오늘처럼 갑니다. 좁아터진 그러나,
광활한 하느님께서 햇빛 멱따는 소리로 가주십니다.
상한 냄새 진동하는 열두 줄기 빛처럼

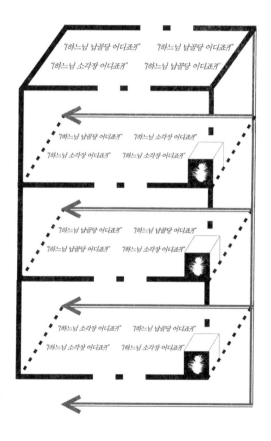

[틈]을 바라보는 기관뿐인 人間의 모노드라마

하늘을 갉아먹는 수은빛공기벌레[들] 숨쉴 수 있을 만큼 꼭
그만큼의 틈입이면 충분해, 불안 같은 건 없겠지.
캄캄하지 않다면 종이처럼 하얄지도
종이처럼 쉬고 싶어, 종이 自身이 중얼거릴지도

꼭 그만큼의 틈입이 제공된다면, 꼭 그만큼의 빛과 조직이
허용된다면 정든 기관도 없이 핏빛 가슴을 절개하거나
갈아입혀지지 않는 가슴을 영원히 갈아입히겠지. 바라봐,
       ㅎ   ㅏ
하공을 갉아먹는 수은빛공기벌레[들] 당신을 발화하겠지.
빠르게, 무겁게, 우울하게 두개골벤치가 뭔지도 모르게,
                ㄴ
우울이 뭔지도 모르게, 무거움이 뭔지도, 절망이 뭔지도,
죽음이 뭔지도 모르게, 신사처럼 점잔 빼고 앉아 바라봐,
            ㅡ ㄴ ㅣ
당신을 갉아먹는 수은빛공기벌레[들] 내부일 수 없는 기관들
허공의 안락의자 그 투명한 대열에 흐린 시선을 앉히고
             ㅁ
끝없이 쏘다니는 수은빛공기벌레[들] 혐오하겠지, 연구하며
탐구하며 혐오로 하여 그 평온을 다시금 연구하며
투명한, 투명한 기관의 바깥을 갈망하겠지.

되뇌어 이곳에 발화한단 말인가? 수은빛공기벌레
[들]을? 흙구덩이로 들어가 날선 종이 밖으로 배태
(胚胎)시키던 당신[들]을? 뿌리박을 몸도 없이 젖은
구두로 남은 당신[들]을? 도대체가 배후가 없는 불
법을 한정없이 자행하는 당신[들]을? 새하얀 끄적임
의 형해(形骸) 그 두개골벤치 찢어발기는 종이하느님
[들]을? 비대한 거울, 비대한 음문(陰門), 비대한, 비
대한 흙구덩이[들]을? 덩어리, 웃음, 기억, 대가리 걸린
구멍[들]을? 쪼그라든 침대, 쪼그라든 입술, 쪼그라든
거울[들]을? 기관으로 움켜쥔, 기관으로, 기관으로
움켜쥘 죽음옷가지[들]을? 모두이며 하나인 수은빛
핏방울[들]을? 핏방울로 비치고 비추던 혈연일 수
없는 핏방울[들]을? 세상에 없는 색채의 변형으로
시,시,각,각, 울음 바꾸는 수,은,빛,공,기벌레[들]을?

지금 이 詩는 누가 발화(發話)하나, 발아(發芽)되지 않을 때, 이
글씨들은 누구의 틀로 수은빛공기벌레[들]을 꿈꾸나. 詩가
스스로 꿈꾸는 것이 가능한가, 발화하는 당신[들]이 詩
가 꿈꾸는 꿈으로 세계에 뿌리박는 것이 가능한가.
詩가 뿌리박기 전, 세계는 발화되는 거울인가,
종이인가. 종이가 발화하는 것인가, 수은빛
공기벌레[들]로 허공(虛空)이 발화되게 만든
것인가, 종이하느님이 꿈꾸던 꿈으로
수은빛공기벌레[들]을, 꿈 안팍
목소리[들]을, 두개골벤치
아래 축축한 구두[들]을,
떠도는 유령[들]조차
없는 유령[들]을
발화하고 있는
것인가.

온

몸

온
몸의 *詩身*암송개[들] 온몸온몸이 그 꿈에
기
      울
      이   쿵쿵쿵
      는 하나의 '귀'라는 듯
                  [쿵쿵쿵]

핏덩이 구르는 소린가 무덤 다지는 소린가
자궁무덤   무덤자궁
갈팡   질팡
배   ㅁ   ㅐㅂ
회   ㅎㅚ
하   ㅎ
는   ㅣㄱ ㅡ   ㄴ소
소   소
린   ㄱ   ㅣㄴ
가   ㅅㄱ
쿵   ㅓ   오   쿵
쿵쿵   쿵쿵
무덤자궁   자궁무덤
그 새하얀 [틀] 틈새로 갈겨쓴 종이

ㅎ   ㅏ

          ㄴ

          ㅡㄴ ㅣ

          ㅁ

               ㄱ

                    [틀]

                              을
바라보는 기관뿐인 人間의 모노드라마
그
     [틀]   소린가
          을 선 고 하 는
               [소린가]

머나먼 접시

주머니에 손을 넣고 팔이 없는 것처럼 행동해. 포크째 욱여넣은 손이 뚫고 나오지 못한 낱말인 것처럼. 나이프 떨어지는 소리가 입을 뻥긋거리게 하되 어떤 말도 나오지 않는 그 입이 아무렇지 않은 듯 꼰 다리로 한번 더 꼰 다리를 욱여넣어, 눈을 욱여넣고 입을 욱여넣고 몸의 사이란 사이는 모두 욱여넣어. 귀는 화르륵 구겨버리고 타오르지 않는 귀가, 욱여넣는 어둠을 욱여넣은 얼굴로 지켜보도록—

아마도 머나먼 접시의 향취는 이 詩가 확산되는 속도와는 비례하지 않아. 귀와 함께 구겨지는 낱말일 뿐인 당신과 그림자와 함께 욱여넣는 백지일 뿐인 내가 이 문장 위로 발화되는 속도와는.
아마도 그래, 화르륵 타오르지 않는 적막은 눈부시지, 눈부시게 어둡지. 그 까마디까만 발화점으로 당신은 내 그림자를 머나먼 침묵으로 이끌 테지. 이끈다는 건 당신이 내 그림자와 화해를 표한다는 몸 전체의 눈빛으로 지각될 수 있어.

물론 엉덩이도 최대한 그 사이를 욱여넣어, 엉덩이가 몸 전체인 몸이 스스로 몸 전체 엉덩일 욱여넣어. 음부음경의 몸

까지도. 그런데 이 세계에선 음부음경은 통용이 금지된 얼음 같은 거야. 그저 결정(結晶) 쪼가리인 男女추니 같다나. 가령 시계 뒤편엔 금고가 있고, 액자 뒤편엔 다시 금고가 있고, 시계를 떼어내면 다이얼 맞추는 소리가 들리고, 액자는 저들 풍경을 벽으로만 내뻗고, 나는 봉합되지 않는 이 꿈들로 당신 필체를 꿈꾸는 듯해. 아마도 당신 이마와 발톱이 뿌리 바람으로 어딘가 무너진 굴을 파고 있나 봐.

아, 다시 앤드로자인(Androgyne)으로 돌아가서. 얼음이 있어, 백지지. 백지를 껴안은 얼음이 있고, 결정을 껴안은 낱말이 있지. 누가 시작이고 누가 끝인지 몰라. 앞뒤가 없이 누가 生이고 누가 죽음인지 모를 몸뚱이로 써갈긴 행간만이 존재해. 얼음사전은 흘러내린 지 오래야.

언제나 강조해왔지만, 머나먼 미래가 머나먼 옛날이지만 또 비틀고 싶은 욕망으로 내 필경사(筆耕士) 꿈틀기는 마구잡이로 움직이지. 아니 저 껴안고 맞댄 백지 위로 무참히 미끄러진다고 할까.

씹다 만 미래가 썰다 만
옛날을 먹어치우는 교양,

그게 머나먼 미래야?

씹다 만 옛날이 썰다 만
미랠 찍어 삼키던 교양,

그게 머나먼 옛날이야?

이 백지를 매듭짓거나, 찢어발기거나 한몸으로 기워낼 수 있
다면, 〈미래〉와 〈옛날〉이 먹히고, 토해내고, 먹히는 '空白'이
란 주화(鑄貨)로 통용될 수 있다면. 머나먼 접시도 머나먼 핏
물도 그 어떤 '얼비침'도 없이 네 온몸-온몸의 손짓으로 내
한몸-한몸을 봉합할 수 있겠니, 여직도 침대 머리에선 다이
얼 맞추는 소리가 들려—

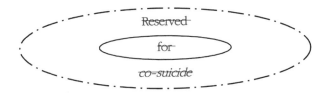

식탁보를 칠하고 식탁보 속 다리를 칠할 것. 어딘가 떨어뜨린 나이프와 포크를 칠하고 어딘가 떨어뜨린 포크와 나이프 소리를 칠할 것. 식탁 밑 떨어지는 핏물을 칠하고 식탁보를 적시고 이 백지까지 적신 우스꽝스러운 접시를 칠할 것. 우스꽝스러울 것 없는 이 접시와 이 다이얼을 칠하고, 식탁에 맞댄 이 다이얼과 이 주화를 칠하고, 귓바퀴만 한 폭탄을 칠하고 칠하지 말 것. 테이블 세팅 끝?

for

suicide

지휘봉

지휘봉을 바라본다. 모가지가 길어진다. 지휘봉을 바라보면 모가지가, 모가지가 길어진다. 머리가 쓱싹쓱싹 고개가, 얼굴이 쓱싹쓱싹 길어진다. 이 소리 없는 고갯짓이 악령이라면, 이 소리 없는 고갯짓이 그 악령으로 읽힐 〈지휘봉〉이라면 폭파된「과장되기는 했지만 **팽팽히 튜닝된** 현(絃)은 어느 순간 빵 터지기도 한다. 터져버린 현으로 할까, 끊어진 현으로 할까 고민하다 폭파된 현으로 수정했다. 여기서 현은 현실세계의 현이라기보다 지면 위의 현, 텍스트의 현, 언어의 현이라 할 수 있기 때문이다. 텍스트의 현… 언어의 현… 지면 위의 현이라⋯⋯

◆

그럼, 현」은 구불텅구불텅 뒹굴던「말」로 써내려간 詩? 그랬으면 좋겠다. 구불구불 내젓던 〈말〉을 풀어내, 구불구불 내젓던 잠과 꿈까지 풀어내,
악(惡)의 악보대가 걸리길 기다리는 거다. 〈지휘봉〉을 들자, 악보대가 뒤통수를 갈긴다. 틱, 틱, 꿈이 꺼진다. 깜깜한 말이 한층 깜깜해진다「깜깜한 꿈이,

한층 칸칸해진다」칸칸한 말이 한층 칸칸해지고「칸칸-칸칸-
칸칸해진다……

나는 이 텍스트에서 어둠의 단절을, 무한으로 증식되는 어
둠의 분절을 말하고 싶었다기보다 〈폭파〉의 증식 그 자체를
말하고 싶었던 것 같다.

그러니까 캄이고 칸이고 캄이 어둠이건 칸이 어둠을 분절한
어둠이건 그 어둠으로 덧칠된 사방, 벽이라는 게 있을 리 만
무(萬無)하지만 그 만무의 〈화폭〉 다시 말해,

폭파라 할 수 없는 〈폭파〉라는 화폭 자체를 언표(言表)하고
싶었던 것 같다」언표「가 지워진 화폭을… 그 지워진 언표까
지 지워져버린 〈화폭〉을……

이쯤 되면 욕처먹어 싸지만, 그 누구도 〈욕처먹어〉 해주지
않는다.

이 지면 위에서는, 이 텍스트 위에서는, 이 언어 위에서는
그 누구도 〈욕처먹어〉 해주지 않는다, 않는다,

않는다구나. 혹시 모르지(이 詩를 박차고 바깥으로 나가면

누군가 〈욕처먹어〉 해줄지도… 나는 기꺼이
그 〈욕처먹어〉로 회복될 준비가 돼 있고
그 〈욕처먹어〉로 일어설 만반의 준비가 돼 있다.
만반은 아니겠지, 그저 고개를 숙이고 그저 푹 고갤 숙이고
웅성거리겠지… 나를 향해, 푹 고개 숙인 나를 향해
그저 푹 고개 숙일 뿐인 내가 웅성거리겠지…
초라하고 미미한 개미만 한 목소리로 그러나,
초라하고 미미한 개미만 한 목소리로 자신만만하게…
그에게… 나에게… 이 행간에게… 한마디
웅성거리겠지… 이 詩를 박차고 바깥으로 나가면…
이 詩를 박차고 바깥으로 나가면은…)…

♣

"詩라는 〈악령〉을 지휘할 수 있겠니…" "詩라는 〈재앙〉을…
詩라는 〈언표〉를… 詩라는 〈詩〉를… 폭파할 수 있겠니…" 당
신은 누구와 대화하나. 누워 있는 서가와 서 있는 침대와 모
가지들과… 모가지들이라니, 길어지는 모가지가 나 말고 또
있나 보다. 문득 폭파된」현「으로 내젓는 」고갯짓「고갯짓」

고갯짓「들… 그랬으면 좋겠다. 휘둘러도 휘둘러도, 휘둘리지 않는 〈화폭〉을 자아내, 그「언표「의 〈언표〉로 지워질 화폭까지 자아내 악의 악보대가 걸리길 기다리는 거다. **그러니, 제군들! 〈지휘봉〉을 들고 지휘봉을 헤매시게. 〈악〉이라 할 수 없는 꿈을… 〈한계〉라 할 수 없는 재앙을… 〈세계〉라 할 수 없는 이 언어를**(((((그러니 제군들! 그럴 수밖에 없지 않은가, 무전 속으로(((무전 속으로))) 화폭을 칠 수밖에 없지 않은가, 이 구불구불한 회백질「화폭「위에서 그럴 수밖에 없지 않은가, 회백(灰白)이 아닐지… 구불구불하지 않을지…「뇌(腦)「가 아닐지…」내「가…」뇌「가…」뇌「가… 아닐지 모르는 이 텍스트 위에서… 제군이 아닐지… 무전이 아닐지…」지면「이 아닐지 모르는 이」그림「위에서… 이」그림「이… 이 」화폭「이 아닐지 모르는 이… 이…」텍스트「위에서…

그러니, 제군들! 모가지를 들고 〈모가지〉를 헤맬 수밖에 없지 않은가. 꿈일 수밖에 없는 〈악〉을… 재앙일 수밖에 없는 〈언어〉를… 화폭일 수밖에 없는 이 〈詩〉를))))))

♠

그러니, 제군들! 웃음이 터져도 상관없네. 눈물이 터지지 않아도, 입술이 터지지 않아도, 목청이 터지지 않아도 상관없다네.

그러니, 제군들! 높은 곳을 찾아, 더 높고 높은 곳을 찾아 그 높은 곳이 지면(紙面)으로 붙은 한몸인 양, 그 높은 곳이 한없이 낮은 이 지면 自身인 양,

이 바닥의 이 지면의 한없이 납작한 등고선인 양, 그 가닿지 않는 교신에 섞인 교신인 양, 화폭인 양, 한계인 양, 다시 말해, 언어, 언어, 언어인 양,

〈언어〉라는 말로는 모자란 이 목소리인 양, 납작납작 포복한 목소리, 목소리인 양, 그 어떤 공중폭격도 그 어떤 지원사격도 그 주체가

〈나〉라 할 수 없는 나 自身인 양, 다시 말해, 적군이자 아군인 〈나〉 自身의 부산물인 양 결코 자아는 아닌 결코 대상은 아닌 결코 언어는 아닌

이 무늬 위로 이, 이 무늬 위로 몸을 섞는 이 시원(始原)의 정체는 뭐란 말인가. 이 엷디엷은 지문이 〈나〉 自身이란 말인

가. 교접되지 않는,

접속되지 않는 이 〈뿌리〉만을 맴도는 이, 이 엷디엷은 지층이 〈나〉 自身이란 말인가. 한 벌 지면도 없이, 한 벌 카드도 없이, 한 벌, 한 벌 언어도 없이 이 무슨 스트립 브리지란 말인가.

♥

그러니, 제군들! 브리지(bridge) 따윈 몰라도 상관없네.
같은 무늬를 내야 하는 룰 같은 건(같은 목소릴 내야 하는 룰 같은 건)
몰라도 아무, 아무 상관이 없다네. 그래도, 제군들! 〈말〉에는 기호와 의미가
깃들 듯, 기호와 의미가 〈목소리〉로 깃든 피이며 사상이며 형식이듯.
이 텍스트 속에서, 이 종이(戰場) 속에서, 이 언어 속에서 살아남기 위해선
때론 같은 목소리, 같은 무늬를 내야 한다네. 그러니, 제군들!
벗어지지 않는 뇌를 벗고, 벗어지지 않는 뇌를 벗는다는 말은
정신병원에서나 해야 한다네. 나는 정신병원이 하얀 집, 종이, 이 세계라

지각(知覺)하고 있지만, 감히 그 지각을 지워낼 수가 없지만,
E, E강의실
S, S방이 평면이자 입체인 이 지면 〈나〉〈나〉〈나〉라는 화폭이란
생각을 지워낼 수가 없지만 지워내야 한다고, 지워내야만 한다고
안 그럼 "욕처먹어" 안 그럼 〈욕처먹어〉들이 이 지면 위에서
끌어낸다고, 끌어낼 거라고 질-질-질, "내가 안 썼어요." 질-질-질,
"다신 이런 ## 안 쓸게요." 질-질-질, 질-질-질 끌어낼 거라고,
끌어내고, 끌어낼 거라고 끌어내 봤자, E강의실 S방이고
끌어내 봤자, 끌어내 봤자 E, E강의실 S, S방인 이, 이
녹아내리지 않는 이, 이 흘러내릴 리 없는 이, 이 〈입〉째로
처넣은 이, 이 물기 없는 이, 이 말라비틀어진 이, 이
엎질러버린 이, 이 끄덕끄덕이던 이, 이 아무 대답 없는

〈지휘봉〉

뇌를 벗는다. 벗어지지 않는 뇌를 벗고 벗어지지 않는 뇌를 벗는다.
회백질이, 회백질이 아니다. 캄캄하지도 우주처럼 무시무시하게 춥
지도 않다.

'무시무시하게 춥다'는 〈언표〉 자체를 벗어났겠지. 그 이상도 그 이하
도…

〈오실오실〉〈오한〉〈얼어붙음〉 확실히 열두 겹이다. 무전이, 화폭이,
이 〈옷〉이 확실히 열두 겹이다. 그 이상일지 모르지…

그 이상의 그 이상의 그 이상…일지 모르지… 말줄임표가 뭇별처럼
빛나고 있을지… 뭇별처럼, 뭇별처럼 무언가 말하고 있을지 모르지…
무언가… 무언가 형성하고 있을지… 그 성좌로 〈반짝반짝〉〈오들오
들〉〈아, 씨팔〉〈얼어죽을〉… 촐싹대고 있을지 모르지… 그 화폭을 그
〈폭파〉로 중재하며

마주서고, 박살나고, 무너지고, 바닥나고 이 폭파가 이 〈화폭〉을 수용
하며, 맞붙으며, 떨어지며, 박살나던 게 제자리로 붙고 주저앉던 게
제자리로 서게 될지 모르지… 〈별자리〉… 〈바다〉… 〈지도〉… 〈이
詩〉…)))…들이 또 다른 화폭이… 또 다른 별빛이… 또 다른 지층이
될지 모르지…

지층이고 나발이고 별자리고 나발이고 이 詩, 〈이 詩〉들이 다름 아닌 별빛이 아닐지… 〈폭파〉를 지각한 폭파… 폭파가 〈폭파〉일 거라… 지각한 그 별빛, 그 〈별빛〉이 아닐지… 밀려왔다, 밀려가는… 발꿈치로 무너져 내리는… 당신 발을 휘감는 포말(泡沫)이 내 발을 휘감는…

아무것도… 씌어지지 않은… 이 감각조차 이 언어조차 태어난 적 없는……

발가락 사이, 발가락 사이 빠져나가는… 내 발을 휘감는 포말이 당신 발을 휘감는… 아무것도… 아무것도 씌어지지 않은……

언표파도가 철썩철썩, 감겨오는 종아리로 철썩철썩,
그 파도소리가 詩다. 자, 읽으시오. 나의 〈지휘봉〉을!

…(((((((((((틱, 내려지는 파도소리 스위치)))))))))))…

언표파도가 철썩철썩, 감겨오는 종아리로 철썩철썩,

그 파도소리가 詩다. 자, 읽으시오. 나의 〈지휘봉〉을!

배
경
희

2010년 〈서울신문〉 신춘문예 시조 당선.
시집 『흰색의 배후』가 있다.

녹색 감자

감자는 죄가 있어 햇빛을 싫어하니

망치와 TV가
브로콜리
잘라내듯

칼날은 그 식물들을 쉽게 쳐내려 간다

의심과 거짓말을 일삼는 신문들은

흰색은 그냥 싫어
이유 없는
이유야

모든 귀 막아버리고 검은 죄를 생산하고

다 털고 털어봐 우리는 감자를 믿어

기억하니 때때로

칼날 꽉 문
단단한 무릎

햇빛 든 녹색 감자의 혁명이 두려울 거야

이어가기

— 데미안 허스트

유리 속 소의 사체 파리가 들어 있다
사체 밑에 무언가 꿈틀대는 생의 표정

삶이란 썩은 몸에서 쏟아지는 구더기들

부패한 부드러운 살을 황홀하게 먹는다
죽음의 지느러미를 사랑하는 파리는

식탁 위 해골을 올려놓고 어둠을 노래한다

운명의 비관자는 육체를 두려워해
너와 나는 하나야 개구리가 삼키고

독수리 휙 날아든다, 죽음이 살아 있다

* 데미안 허스트 : 영국 예술가, 그의 작품은 충격적인 이미지와 엽기
성으로 미술시장을 뜨겁게 달구고 있다. 그의 작품 주제는 죽음이다.

햄릿증후군

과일가게 수북이 쌓여있는 붉은 자두

다 주홍빛, 붉은빛 어느 것이 달콤할까

이것도 고를 수 없는, 머릿속이 아수라장

두 갈래 길에서도 어디로 갈지 모르듯

살아온 시간들이 다 휴지로 보였다

가을과 늦가을 사이 못 믿을 볕의 길이

짧은 경험이 불안하게 거울을 갖다놓고

바람의 긁힘으로 단정하고 선택한다

물렁한 붉은 자두를 넣다 다시 꺼낸다

20세기 동물쪽방

꽁꽁 언 전깃줄에 고드름이 자란다

　자식 이야기 불문율인 204호 늙은 염소 부부 건초를 물 말
아 먹으며 흰 연탄을 갈고 있는 음메에 콜록콜록 기침 소리에
투덜대는 203호 역사 전공 젊은 얼룩말 무늬만 가족인 현재가
없는 남자 임용고시는 먼 이야기로 악어의 강만 기다린다
　아이가 자라지 않는 202호 화려하고 뚱뚱한 여우는 떫고 신
포도를 먹으며 밤마다 술집에 옷을 팔러 가고 월간 잡지 만드
는 201호 중년 늑대는 한때의 바람으로 무너진 가족사진 맞추
다 달을 보며 우우운다

　서로는 모른 척했다 코끼리로 자란 누군가의 문소리

유종인

1968년 인천에서 태어났다. 1996년 《문예중앙》 신인문학상에 시 「화문석」 외 9편이 당선되면서 등단했다. 2003년 〈동아일보〉 신춘문예 시조 부문, 2011년 〈조선일보〉 신춘문예에 미술평론 부문에 당선되었다. 시집으로 『사랑이라는 재촉들』 『아껴 먹는 슬픔』 『교우록』 『수수밭 전별기』 등이 있고, 시조집으로 『얼굴을 더듬다』, 미술 에세이 『조선의 그림과 마음의 앙상블』 등이 있다. 지리산문학상, 송순문학상, 지훈문학상을 수상했다.

불멸의 시집

　나의 시들은 비주류의 끝 모를 권속(眷屬)이므로
　나의 시집은 거의 읽히지 않는 즐거움,
　발목이 뭉뚝하고 날갯죽지가 꺾인 비둘기를 가슴에 품듯
　내 시집의 허울뿐인 두꺼운 표지는
　테러리스트의 총탄을 가까스로 막아낸 방탄복의 변신(變身)
이었으면 하고

　나의 시집은
　장례식을 마친 유족의 하품도 없이 오는 졸음을 받쳐줄
　버스 뒷자리에 처진 당신의 목 베개로 부풀어 올랐으면 하고

　나의 시집은
　처음으로 데이트 신청을 받은 지하생활자 사내가
　내 속장을 벌려 몇 장이고　메모지로 뜯겨도 좋은 여백이었
으면 하고
　꿈에 본 전생의 풍속도를
　오후의 가로수길을 걷다 마주치는 한 사람에게
　진경(珍景)처럼 꺼내 보이는 그윽한 판도라였으면 하고

시집이며 점집인 나는

아무 쪽이나 펼치면 그대는 그날의 운세를 보리니

보는 대로 보이고 생각하는 대로 생각하게 되는 말들을

그대의 사소함과 그대의 염염한 앞날이 손발이 맞는 작은
점집이었으면 하고

나의 시집은

그대의 장미와 나의 변기에 고이 꽂이고

내 몸이 썩음과 그대 정신의 부활이 두둥지지 않는

어떤 인간의 선악으로만 갈릴 수 없는 내통,

소름 돋는 사랑의 조견표를 슬며시 내밀었으면 하고

늙음에 다다른 황혼의 느림보여

한숨에도 무한의 경(經)이 서린 눈매여

어느 광야의 바람이 다다른 느릅나무 밑의 앉을깨여

소슬한 영혼의 상보(床褓)를 들춰 영원의 음식을 고르라는 예
언서였으면 하고

먼동

귀를 턴다
잠결에도 귀가 환해서
어디에도 없는 옆방에 시르죽다 깬 꽃이 세(貰)드는가

악몽이 악몽을 다 이루지 못하고
지친 악머구리떼처럼 슬금슬금 뒷걸음을 놓는 터,
옆방에
가난을 매일 맑히어 쓰는 구제(舊製) 같은 시인이
세 들어 사는가

그 소리에 몸을 섞어보자고 하는
때늦은 동침(同寢)의 생각,
온몸이 다 열리는 게 부끄러워
다시 여며 봐도 소용없는 밝음인 것,

저만치 그리고 확연히
성큼성큼 징검돌을 밟듯이
다가드는 으늑한 빛의 걸음걸이들,
아무리 온 맘을 다해 눈을 질끈 감아도

소용없이 밝히어 오는 사랑

반쯤은 깨어서 반쯤은 잠결에
내 영혼이 밥을 안치는 모양
어디서 이러자고 나를 눈 감고 부르는 소리의 빛들
튼실한 빛의 다리에 주리를 넣고 트는 소리,
그래도 어딘가 기꺼운 마련이 드는 것은
하루 소멸의 솥에 안치는 나를 부르는 빛무리
동창에 가득
갈대가 빛을 스러지는 소리

봉투의 내력

후우-, 나는 봉투를 보면 입바람을 넣는다
다시 볼우물을 한껏 부풀려 그 속을 벌리면
낮별들도 가만 다가와 뭐가 있나 눈을 들이미는 동굴,
어느 때 거기 해변의 모닥불이 옮겨와 사는 이유
버들눈썹의 졸음이 베개를 안고 드는 이유

붉은 낙엽 한 장 넣어 금일봉이라 한다면
갈잎에 떨어진 가을 무당거미를 배당금이라 한다면
절간의 풍경소리 반 줌을 가만 봉투에 담는 일

지중해 에티오피아 난민 소녀의
손가락에서 떨어진 모래알들,
죽어간 엄마와 떨어져 가며 흘기듯 바라본
코발트빛 하늘의 갈매기 소리들
이게 긴급한 촌지라고 한다면

북아프리카 모로코 어느 사창가의 골방 안
정액이 눌어붙은 티슈의 얼룩
마리화나를 싼 반투명 성경책 종이의 문구들,

그리고 지빠귀와 까마귀의 깃털 하나
이런 사소함도 답신이 된다면

초경을 갓 넘긴 소녀의 거웃으로 짠 손수건,
암 걸린 박수무당이 마지막으로 쓰다만 부적,
그리고 반 줌의 해바라기 씨앗과
내 복숭아뼈를 갈아 만든 반지와 오카리나
이걸 볼륨 있는 사연처럼 넣어준다면

내 망설임은 아직도 사막의 밤공기를 쐬고
불안과 재촉뿐인 어떤 사랑의 인기척은
그대 무덤에 날개만 남은 수컷 사마귀의 수척한 다리 같아도
기꺼이 생인손을 앓는 노을을 봉투에 넣어줄까

후우-, 마지막 한숨이 황금을 낳게
봉투는 입술을 살짝 다물어보네
전설의 강을 조금씩 발설하는 봉투의 입담이라면

푸른 모과

잎사귀와 모과가 한 빛깔들로 동창(同窓)일 때,
왕매미 쓰르라미 소리도 한 빛깔이고
등나무 그늘과 소나무 섬잣나무 그늘도 한 종족인 팔월

옛날 엽전을 한입 가득 물고
영생을 부르는 사람은 사방으로 빛의 끼니를 부른다

시푸른 나무들 속에
붉은 흙비를 뒤집어쓴 강대나무는
죽을 맛을 말하려다 붉은 혀가 떨어져 나간다

환한 햇살이 퍼진 광장을 지나는데
비루먹은 나귀가 내 옆구리를 엉덩이로 밀친다
여생(餘生)이, 소낙비 두어 번 치면 끝이라는 늦여름 추파 같다

푸른 잎이 낳은 푸른 모과, 이런 낭설(浪說)은
아무도 사가지 않아 오래 내 측근이 된다
덜떨어진 것이 모과의 팔월이다

또아리를 튼 개똥에 청동색 똥파리들의 만찬을 지나
불볕이 쬐는 모래밭 속에 손을 넣었다 빼 본다
야금야금 푸른 모과가 허공을 밀어내듯
흙먼지를 삼킨 나귀가 눈물로 눈곱을 흘려 보낸다
농담을 잃은 나귀 주둥이에 청(靑)모과를 먹이면
가을이, 저만치 주인 없는 술집만 같다

윤의섭

1994년 《문학과 사회》로 등단했다. 시집
『말괄량이 삐삐의 죽음』『천국의 난민』
『붉은 달은 미친 듯이 궤도를 돈다』『마
계』『묵시록』『어디서부터 오는 비인가요』
등이 있다.

이몽

종주 두 시간째
등산 초보에겐 후회가 밀려드는 때이다
내게만 쏠리는 듯한 중력
나는 어쩌다 능선 한가운데에 놓여 있다
좀 전까지 꾸던 꿈에서는 밤송이를 주워담고 있었다
누군가의 태몽을 꾸어준 것이겠지만
온몸을 밀고 나가며 나는 자꾸만 새로 생겨나는 것만 같은데
지쳐서 중턱에 주저앉은 나로부터 나는 멀리 떠나왔다
저렇게 막막한 물음표가 될 때까지
왜 종주를 시작했냐고 물어보는 일행은 없었다
스스로 알게 된다는 건 저버릴 줄 안다는 것이다
종주 네 시간째
선두에서 얼마 안 남았다는 소식이 들려온다
나는 거짓 희망처럼 걷는 중이고 희망을 걷어내는 중이다
여유로운 몇몇이 밤송이를 줍고 있다
얼마나 많이 낳으려고
조금은 혼미해져 근거 없는 해몽을 갖다 붙이는 사이
꿈에서 깬 것처럼 산을 내려왔는데도
아까부터 얼른 일어나라고 깨우는 소리가 들린다

불사

신발을 털다 떨어진 모래알은
다른 모래들 사이로 자연스럽게 자리 잡는다
미리 마련된 듯 떨어진 곳은 비어 있었다
아니면 떨어지는 순간
모래라는 행성들은 살길을 접고 운행의 궤도를 전면 비튼
것이다

누군가를 들이려면 죽음마저 내놓아야 한다

낙산사 입구에 모래알을 떨궈놓고 나는 처음 보는 은하를
마주했다
놓인 자리가 있으면 사라진 자리도 있는 것이다
나는 진작 죽어서
모래알을 헤아리다 별을 세다 정작 나는 세지 않는다
자발적인 불가항력
자발적인 속수무책
다시는 처음으로 돌아갈 수 없어서 나는 늘 이탈 중이다

* 사람이나 지구나 별이 모래알과 다를 바 없다는 생각을 한다. 혜안을 얻은 것도 성불을 한 것도 아니나 경이롭고 뭉클하다. 우주 끝까지 다녀온 듯하다. 나는 이 점오의 순간 속에 영원히 들어앉아 있다. 나는 무엇을 죽였을까.

** 모래알을 떨어뜨린 장소를 정확히 기억하고 있다. 지금 그 모래알은 거기 없을지도 모른다. 분명한 것은 떨어진 모래알로 지형이 조금이나마 바뀌었다는 사실이다. 그것은 성스러운 사소함이다.

클리셰

내가 잘못 기억하고 있었다는 걸 알았는데도
너는 영화처럼은 바뀌지 않았다
그날 내리지 않은 눈을 나는 지금까지 맞고 있었다
그날 오지도 않았는데 너를 배웅했고 생생했다
내가 아는 기억에 내 기억은 들어 있지 않다

그때 그 말을 했는데 너는 그런 적 없다고
둘이 가보았는데 가보지 못했다고
같은 생각을 했어 떠오르지 않아
약속을 했어 다른 약속이었어
우린 함께였을 뿐

서랍을 아무리 뒤져도 손톱깎이는 보이지 않았다
이 증발은 손톱을 베어 먹은 흔적을 남겨서 기억의 생리와
유사하다
잘못 알고 있어도 일은 벌어져 있다

이제 기억과 살아가는 일은 별개라는 편집이 가능하다

생존이 그렇다

친절한 계절

어떻게 알았냐고 물어보는 눈물을 훔치고 나서 네가 흘러나와 물어볼 줄 몰랐는데 정말 몰랐던 것인데 어떻게 알았냐고 물어보는 별 어떻게 알았냐고 물어보는 가방 어떻게 알았냐고 물어보는 개 어떻게 알았냐고 물어보는 낙엽

낙엽은 노련할 것 같아 내가 알 줄을 아는 노회한 자의 재주가 있을 것 같아 문득 멈춰 서서 내가 안 것이 무엇이냐고 물어본다 대답 대신 낙엽은 겨울 속으로 걸어들어 갔고 알고 있는 것을 안 것이라는 답신은 오래전에 받은 것 같기도 한데

다들 안다고 하는데 아무것도 모르는 나는 경청한다 어떻게 알았냐고 물어보는 해안선 어떻게 알았냐고 물어보는 창문 어떻게 알았냐고 물어보는 거울 어떻게 알았냐고 물어보는 나

알 수밖에 없을 지경에 이른 때는 눈에 보이는 모든 것이 물어봐 줄 때이다

가장 혼자일 때이기도 한데 괜히 모두 친절하게 여겨지는 때이기도

이
미
영

서울 출생. 숙명여자대학교 졸업. 2019년
제12회 〈웹진 시인광장〉 신인상으로 등
단. 중봉조헌문학상 우수상 수상.

왼손의 유전

아이들이 기생수*라고 놀렸다
기초생활수급자를 줄인 말이라는 댓글도 달아주었다

그 이후로 왼손이 말을 걸어온다
깊이 생각하지 마
선생님은 비밀이 없고 친절하다
꼭 그렇게 다 말해야 합니까
오른손을 들고 항의하고 싶은데 왼손의 충고가 멈추지 않는다

얼굴을 씻고 문자를 찍는데도 손의 용도는 정해져 있고
아무도 오른손이 보낸 말들을 받지 않는다
도대체 행방불명된 손가락들은 어디에서 찾아야 합니까?
바지 주머니에서 왼손이 튀어나와 박장대소를 한다
해질녘, 교실 구석에서 뺨을 맞은 왼쪽이 서 있다

일기를 쓰다가 잠이 들면 그날의 기분을 왼손이 고쳐 쓴다
아버지, 왼손이 이상해요
나를 닮아서 그렇단다, 얘야
아버지는 프레스에 잘린 왼손을 내밀었다

의수를 뺀 아버지의 손목이 뭉툭하고
기생수다!
얼떨결에 튀어나온 말에 놀라, 그날 밤 환지통을 앓았다

잘린 플라나리아는 없어진 몸통이 다시 자라난대요
아버지와 나는 밤마다 왼손이 하는 말에 귀 기울인다

* 기생수 : 일본 애니메이션

암스테르담

그거 알아? 안네의 일기장*에는 야한 농담이 쓰여 있대 못생긴 아내랑 자야 하는 남편과 호시탐탐 기회를 엿보는 남편의 친구 이야기, 암스테르담에 숨어 사는 처녀들은 어두운 옥탑방에서 서로 입을 틀어막고 키득거렸을까 누군가 창피해서 덧발라놓은 갈색 페이지 안쪽에는 고백하지 못해서 부끄러운 소녀의 붉은 뺨이 있대

섹스 박물관 쇼윈도에 앉아서 방치된 기분을 느껴본 적 있니? 벌거벗은 석상들은 철들어버린 여자애들뿐이고, 대마초와 포르노그래피들이 머릿속에서 다크 초콜릿처럼 녹아내리는 밤, 달의 혈관들은 선인장 가시에 총총히 찔려 피를 흘리고 있지 우는 처녀가 제일 예쁘다는 전설이 갯내 나는 선착장으로 몰려오는 곳, 그게 바로 암스테르담이야

은밀할수록 즐거웠을까 열네 살 소녀의 일기는 어디까지가 진실인 걸까 우주 공간이 하나이듯 고통도 하나** 학살을 견디기 위해 발랄한 상상력을 방관하거나 실천할 수 없는 불륜을 감시자들 몰래 조롱하는 일이 과연 웃기기만 한 걸까

외딴 포구, 희미한 가로등 밑에서 겉 담배를 피우던 어린 네가 취한 남자를 와락 끌어안았지 입에 입을 맞췄지 여자의 애인할래요 아니면 애인의 친구할래요 웃음에 취해 비틀거려주세요 일요일 아침이 오려면 아직 멀었잖아요 더이상 부끄럽지 않아서 고백할 것도 없는,

그 동네에선 사춘기 소녀들이 너무나 빨리 안네가 되곤 했지

* 최근 『안네의 일기』 중 감춰진 두 페이지의 내용이 드러났다.
** 비톨트 곰브로비치의 『포르노그라피아』

뱅뱅, 사거리

버스가 휙 오른쪽으로 돌아가자
표정들이 한쪽으로 쏠린다

버스 옆모습이 건물 유리창에 비치면
꽃을 키워본 적 없는 자세와 박수 칠 일이 없는 표정들이
어색한 오후가 되어 조우하고,

운전기사의 선글라스만이 낯익은 태도를 유지한다
요금 단말기에 찍히는 숫자만큼
확실한 방향을 가지고 있는 게 또 있을까
안쪽 등받이가 먼저 벗겨지는 걸 보면
사람들은 구석과 창가를 좋아하는 게 분명하다
팔뚝과 얼굴들이 서로 확인할 필요가 없을 테니까

월요일보다, 더 심하게 구겨진 금요일이 되면
넌지시 은밀한 코너링을 부탁하고 싶어진다
쏠림은 언제나 곳곳에 자리 잡고 있어서
원심력으로 튕겨 나가 돌아보고 싶지 않을 때가 있다

여기가 어딥니까?

누군가 쓸모없이 기사에게 묻는다면

친절한 것과 다정한 것의 차이를 아는 사람이다

차내에선 기계식 목소리가 흘러넘치는 게 미덕이기에

안내방송 없이는 한 발짝도 벗어나지 못하는 버스가

촘촘한 도시의 그물망을 따라가다 맞닥뜨리는

단 하나의 지점,

우린 지금 어느 사거리를 뱅뱅, 돌고 있는 겁니까?

우물이 있던 자리

이를 꽉 문 주목나무가
숨은 은수자의 얼굴을 우물 속에 낳았습니다
귓바퀴가 둥글면 복을 타고난다고 했던가요
먼 북간도에 바람이 불고,
슬픈 꿈을 꾸는 외지의 숲이
침울한 점괘를 짚어내던 밤
멀리 검열자의 말들이 채찍처럼 달려왔습니다
직각으로 맞설 것들은 하나도 없기에
도르래가 끊어진 아래로
비머리한 사람들이 하나 둘, 떨어졌습니다
속울음이 뿌리째 음각된, 하늘과 가장 가까운 눈동자
비밀의 포로들이 제 심장을 긁어내던 자리는
부력의 몸부림으로 밤새 뒤척입니다
떠나든 남겨지든 그건 별이 아닌 절망
하나의 삶을 끝내고 남은 자리는, 한 줄기 서시*였던가요

* 윤동주의 「서시」

전영관

2011년 《작가세계》를 통해 등단했다. 시집으로 『바람의 전입신고』『부르면 제일 먼저 돌아보는』『슬픔도 태도가 된다』, 산문집으로 『좋은 말』『슬퍼할 권리』 등이 있다.

목련 때문에

앞뒤 없이 자명한 순백(純白)이어서
숭어리부터 만발까지 모두 보인다

읽을 사람까지 배려한 유서

부대낌에 짓무른 사람은 들어가 살면 안 될 것 같은
영토를 머뭇거린다 백 년만 살고 싶다
처음처럼 벅차올라 성채를 지어 올리고
꽃이 그렇지 하면서 허문다
손 뻗으면 닿을 듯 아련한데
만져지면 스러질 것만 같고 손이 시리다
햇살가루로 빚은 나비가 하늘거린다
첫눈만큼 어질러지기 쉬워서
순백은 그 후를 염려하게 한다
열없이 알몸을 연상하면서
섹스를 마친 수컷처럼 유순해진다
저 새뜻함과 어울리는 배경은 하늘뿐이다
돌아와 누워도 여운은 잠궈지지 않고
꽃 지는 사월로 문장이 빠져나간다

고요함으로는 나이가 삼백 살인데
요절이라는 극약이 느껴진다
꽃 보고 가는 사람에게
절정이라는 문청(文靑)의 상투어 대신
위험하다고 눈짓했다
거짓말 같은 시가 피었더라고 웃었다

용역

지하주차장에서 올라가는
노인정 육개장 냄새는 겹이 여럿이다
며느리 잔걱정과 막내딸의 애달픔을 짐작하게 한다

점심 먹는지 청소원들 김치찌개가
지하주차장 바닥을 문지르고 있다
차량들 사이로 걸레질하듯
보였다가 앞서다가 흐릿해지다가
환기구 쪽으로 나간다
눈으로 보고도 몰랐으면서 코로 노동을 느낀다
관리소장 외에는 아무도 찾지 않는 계단 밑이
두 발 거미 그녀들의 식당이고
쪽잠을 나누는 평상이고 친정이다
노인정에 앉아있어도 충분할 나이인데
몸집보다 큰 물통을 밀고 간다
얼룩은 얼룩으로 지운다
된장찌개와 김치찌개가 서로를 밀치지는 않고
노인정으로 통하는 지하를 걸어가고 있다
아무도 냄새를 불평하지 않는다

분리수거일은 일주일 만에 햇빛 보는 날
누구에게나 있는 눅눅한 잔재들을
함께 치워주고 싶고 서로를 돕는 날
휴식은 빛이시니*
정규직 고용이 진리시니
환기구에서 신이 고용한 햇살이 쏟아진다

* 시편 27장 : 주(主)는 나의 빛이시니

춘수(春瘦)

망연하게, 승강장에 내가 서 있다
노선도가 정직하다면 다음 행로는
악천후의 중심으로 직행할 것이다
기다리는 자에게는 목련열차,
매화열차가 연착하더라고
삼류 점쟁이 표정으로 회상하련다
꽃은 감춰둔 빛깔들을 자랑하고 싶어
다투어 피어나는 것뿐이다
쪽대본에 시달리는 견습배우처럼
나날은 상스럽고 캄캄하다며 체념을 연기해 본다
주머니의 아스피린을 만지작거린다
망연하게, 삼월의 일교차를 앓는다
종착과 시발이 혼재하는 환승역 지붕에는
관청같이 건강한 깃발이 펄럭거린다
깃발은 세상 모를 높이에서 나부끼고 부대끼다가
얼룩지고 퇴색한 상징에 불과하다
바람에 휘날리는 코트 자락 가장자리가
올이 풀린 것처럼

휴가비

평생 노동에 시달리신 당신께
효도랍시고 백만 원을 드렸었다

유품 정리하다가 통장 보고 울었다
아버지는 그 백만 원을 고스란히 남기고 가셨다

헐어도 아깝지 않을 만큼의 액수를 드렸으면
어머니께 선심도 쓰고
비싸서 빌려 쓰는 손자 장난감도 사주고
헐겁게 웃으셨을 것이다

장남이 아비에게 휴가비를 주었다
다행히 백만 원은 아니라서
여행갈 때 입겠다고 반바지 사고
해변 핑계 대며 꽃무늬 남방까지 샀다
절반 남짓 썼는데
돈 담았던 봉투를 여러 번 만져 보았다
다녀오셨냐 전화했기에 고맙다 웃고
덕분에 출세했다며 아내와 눈짓했다

유품 정리하다 눈물 쏟을 일은 없어야겠어서
나머지는 외식하고 영화 볼 예정이다

장남과 아비가 만나는 일이란
몇 안 되는 부의금 봉투를 헤아리며
아비의 외로움과 막막함을 짚어 보는 것

반듯하고 건강해 뵈는 봉투를 책상에 놓았는데
아무래도 못 버리겠다

정세훈

1955년 충남 홍성 출생. 1989년 《노동해방문학》으로 작품활동 시작. 시집으로 『부평 4공단 여공』 『몸의 중심』 등이 있음. 현재 인천민예총 이사장, 노동문학관건립위원장.

동면

전철역엔 함박눈 대신 스산한 겨울비가 내린다

이른 아침 출근길을 적시었던
때 아닌 겨울비가
깊은 밤 뒤늦은 귀갓길 광장에
번들번들 스며들고 있다

가까스로 빗방울을 털어낸
고단한 발길들
승산 없는 생의 승부수를 걸어놓고
총총히 빠져나간 불빛 흐린 전철역사

포기하지 말아야 할 것들을 어쩔 수 없이 포기하듯
방울방울 떨어지는 낙숫물이
얼어붙은 노숙자의 잠자리를
실금실금 파고들고

정해진 궤도를 따라 달려온
마지막 전동차

비 젖은 머리통을 숨 가쁘게 들이밀고
들어온 야심한 밤

생이 무언지 제대로 젖어 보지 못한
우리들의 겨울날은
때아닌 겨울비와 통정을 하며
또다시 하룻밤 동면에 들어가고 있다

그해 첫눈

펄-펄-
초겨울 잿빛 하늘 아래
그해 첫눈이
내리고 있었다

처음으로
내 집을 장만하는 매매계약서에
서명 날인하는 부동산 중개업소
창밖에 땅거미가 깔리고

"첫눈치고 많이도 오네."
"포근하구먼!"
"함박눈이네요."
"아름다워요."

중개업자 박 씨가
집을 파는 사내가
그의 아내가
첫눈에 마냥 들떠 있었다.

그 첫눈 속에,
어느 해 맑은 이른 봄날
햇빛이
너무 밝고 따스하여

문간 셋방 쪽문 앞에 나앉아
속절없이
남몰래 울었던 눈물이
수북수북 묻히고 있었다.

지리산

골 깊은 계곡에는
제대로 물 흐르고 있을까 하여
지리산을 찾았더니

곳곳에 패인 웅덩이
도사리고 있어
고여 흐르지 못하는 물도 많구나.

여정에 부르튼 발
신 벗어
웅덩이에 살짝 담가 보았더니

물꼬 트라!
물꼬 트라!
싸늘하게 엉겨붙는

지친 물소리들
부질없이
내 발목을 한사코 부여잡네

아,
속세의 막힌 슬픔이
예까지 따라왔나

모형 십자가

예수가 죽었다가
다시 살아난 부활을
기념하는 이들로
북적대는 부활절

인류의 구원을 위해
십자가를 진 예수의
고난을 직접 체험해 볼
모형 십자가를 놓고

누가
지고 갈 것인가
적격자를
찾고 있다

그러나,

모형 십자가가
지고 가기에

너무 무거워 보이는 이들로
가득한 광장

자신은 적격자가 아니라 한다

서로가
힘이 없다
나이가 많다
지병이 있다며

조
길
성

1961년 경기도 과천 출생. 2006년 《창
작21》로 작품활동을 시작했다. 시집으로
『징검다리 건너』『나는 보리밭으로 갈 것
이다』등이 있다.

우물

방안에 우물이 있는데

일 년 사시사철 수온에 변함이 없다

물맛도 좋다

여름엔 시원하고 겨울엔 따뜻하다

가물어도 마르지 않고

장마철에도 물이 불어나지 않아

꼭 그만큼이다

가끔 잠 못 드는 새벽이면

우물을 가로지르는 현명한 달빛을

오래도록 바라보곤 한다

그럴 때면

어떤 말씀들이

소리 없이 달빛의 씨방 속에서 터져 나오곤 한다

문득

그 많던 풀벌레들 모두 콩밥 먹으러 가고

꽃들은 옳았다 너무나 옳아서 숨이 막혔다

산소호흡기 들고 금붕어 떼 하시는 말씀

연민을 모르는 고기는 좋은 고기가 아니야

고장난 시곗바늘이 정오를 더듬는 사이

뒷문 밖 쪽방 구석에서 핏기없이 피던 꽃들이

아직도 긴 병에 효자 없는 꿈을 꾸고 있다

저물녘이니 같이 저물자꾸나

아뿔싸

손바닥에서 푸드덕거리던 금붕어를 놓치자마자

폭설을 뚫고 튀어나온 피투성이가

유리창 속에서 떡떡 이빨을 부딪고 있다

눈보라

흰 먹을 갈아 흰 종이에 검은 붓으로 쓴다
앞을 못 보는 사람에게 무얼 어떻게 보여줘야 하나
귀먹은 사람에게 물으며 어두운 붓으로 쓴다

입이 여럿인 사람이 중얼거리면서 온다
어디에라도 미치고 싶은 사람을 쓴다

저울은 기울기 위해 태어난 것이라며
오늘도 신생아실 가득 비참한 꽃들은 피어나는데
창자가 흘러내리는 붓으로 쓴다

살아서 머슴이다가 죽어서도 머슴인 머슴 새가
쯧쯔 쯧쯔
혀를 차며 돌아다니는 들판에서 쓴다

머릿속에서 고장 난 라디오가 시끄러워 골치 아픈 사람이
달려오는 자전거 바퀴살에 막대기를 쑤셔 넣지만
북풍은 밥 먹다가 숟가락 내던지고 몰려오니 막을 길이 없다
큰 칼 높이 들고 온다

나쁜 꽃들이 깊은 생각에 골몰하고 있는 밤을 쓴다

곧 흰 종이에서 피비린내 나겠다

연애불가촉천민

까마귀는 까마귀끼리 늑대는 늑대끼리 돼지는 돼지끼리 코
끼리는 코끼리끼리 나는 나끼리

한자 외로울 고(孤)는 오이 과(瓜)를 쓴다 참외를 말한다 참외
는 한 줄기에 한 개만 열린다 그래서 옛사람들이 외롭다 생각
한 모양이다

내가 죽고 내 몸을 구성했던 원자들이 자유로워졌을 때 그
들이 내가 결코 가 볼 수 없었던 온 우주를 널리 다녀 보기를
바란다고 이야기한 사람이 있었다

횡설수설이 빨랫줄도 없이 무릎 없는 얼굴들을 널어놓고 지
나가는 새벽이다 알면서도 모르기 모르기 위해 알기 꿈속에서
도 넥타이를 풀지 않는 독거노인이 똥자루에 부도수표를 가득
싣고 바늘구멍 속을 지나는 중이다

조
원
효

2017년 《현대시》로 등단.

청계천 담화

택시 속에 비 내리고 달팽이가 끈적거리며 허벅지 위를 기어가고 죽은 발목이 잎사귀를 간질이고 죽은 구멍이 검은 핸들 벌리고 아버지 하체가 젖고 잉크통 한 쌍이 조수석 위에 올려져있다 시트를 뒤로 젖히자 감정은 마른다 차창에 빗금을 그어가며 어디선가 낯익은 경관의 목소리 아버지는 도로변에 차를 세우고 경찰관을 스패너로 죽여 버렸다 목구멍에서 벨이 울렸다 내 마네킹 그 차에 들었다고! 아버지는 축음기 바늘처럼 자신의 두 눈을 찔렀다

방 안 피아노를 두드리는 어머니

자동차 경적이 아버지를 관 짝처럼 짓누르고 있다 어머니는 칼날이 없다 좋은 셔츠를 입어도 그렇다 아버지가 말한다 건반처럼 갈라진 잇몸 사이로 당신 왜 늦었냐고 어머니는 자주 길을 잃는다 공포 속에서 수돗가에 흐르는 해삼과 멍게를 보았고 등이 쭈뼛할 정도로 수많은 가시가 돋아났다고 어머니는 자신

의 팔을 들어 칼날을

오는 길이 험했어 아버지는 아침마다 어머니의 손목을 붙잡고 자신을 옭아매는 일상에 대해 이야기하려 노력하지만 아버지는 단어가 없다 직장 상사의 목소리가 들려오고 창틀에 진열된 압정들 금속이 먹구름을 빨아들이고 있다 곰 인형이 아들처럼 그것을 밟고 비명 지르며 난간 밖으로 추락하고 있다

그러나

이름을 갖는다는 건 운동하는 것이다

라고 아버지는 생각하였으므로 아들을 주우려 외출하지 않는다 활보하지 않는다 활강하는 나비를 집어 들고 어머니는 파란 물병에 담긴 백합을 만진다 수조 속의 손가락, 테이블보 옆에 푸른 잉크를 삼킨 어머니는 다이빙을 생각한다

빛과 물의 깊이를 이해하고 싶어

간혹

이해받고 싶어

아버지는 어머니의 우울증을
직선적인 집의 구조 때문이라고 보았다

몰아가고 있다
이 건물 양식은 먹구름의 신발을 신는다

창문 테두리 잔디밭의 스프링클러가 어둠 걸어가고 둘 정지
하고 셋 안개 속에서 넷 아버지는 잔디밭에 있다 사실적으로
있다 어머니는 낡은 그네를 지켜보고 있다

그렇게

마당의 불을 끄고 하수구가 빗물을 향해 입을 크게 벌리고
입체감이 있다 어머니에 대한 사랑은 깊이감이 있다 그네가
툭 끊어져 발등을 산산조각 내버릴 때도 머리카락을 뜯어먹는
새벽

담장 옆에서 엎어진
그의 얼굴

모자이크처럼 흐려진
그녀의 표정

둘은 이별한다 마당 뒤편에서
서로를 보며 기뻐할 차례다

홍대 여관

　B가 승강기를 타고 내려간다 여관집 아들이 현관문에 기댄 채 있고 B는 손을 뻗어 여관집 아들의 뺨을 만진다 여드름이 생겼구나 그런 말을 하는 B의 표정은 은유가 없다 권력이 없다 B는 발걸음을 옮기다가 차창에 비친 넥타이가 풀려져 있는 것을 깨닫고 때 맞춰 어젯밤 본 영화를 떠올린다 〈창문 없는 여관〉 속 소년은 작별을 고하다가 여드름을 짜고 붉은 피를 욕조에 쏟아버린다 붉은색의 이미지는 여전히 감상적이고 B는 수돗가에서 꽃무늬 칼로 자신의 왼쪽 눈을 도려낸다 그러나

　동의할 수 있나

　{우리가}
　{우리 모두가}

ç

메모

홍대 노숙자에게 B는 맞고 있다

칸막이에 기댄 채
누군가에게 묻고 있다

B) : {그리고}
    {창문을 통한 너의 얼굴은}
    {울타리를 부수고 나에게 다가올 것이다}

ᭌ

확장

B는 회상한다 로즈데이를 잊어본 적 없다
무언극 좌절 - 필연성

  B는 예쁜 학생이었고 아침 일찍 교실 창문을 열었다 칠판에
번진 낙서를 바라보며 책상 앞에 앉았다 B는 지우개로 긁어버
리듯 옆 짝꿍 얼굴을 두 손바닥으로 문질렀고 박자 감각은 또
얼마나 뛰어난지 선생은 말리지 않고 기립 박수를 요구했고
아이들 또한 합창단처럼 함성을 질러댔고 B는 주머니가 없고

주머니는 B가 있어서 정문 너머 흙탕물들 흙탕물 속 사그라지는 물거품들 B는 왼쪽 눈가에 물감을 묻히고 A에게로 갈 거야

　술래잡기를 하는 거야

　　{로즈데이는 … 현상들}
　　{로즈데이는 … 창문을 뛰쳐나온 육체들}

　　　　　　　ʕ

청색 시대

　살인자의 혈액형을 알아냈다 파문이 일었다 홍대 부근에서 A는 버스를 타고 왔다 주전자의 피가 끓고 있나 음악은 일시적으로 슬펐다 오후엔 피카소를 생각했어

　방 안에서 A는 이빨을 떨다가 뒷걸음질 치고 식탁에 놓인 커피 잔에 금이 가고 안경테가 흘러내리는 당황스러움 목적이 없다 커피 커피가 떫다며 혀를 감추었지

　방 안에서 상한 식물이 여관집 아들을 기르고 있다 상한 잎

사귀가 손바닥을 뜯어먹고 있다 (A가 멈춰라고 말하면 B가 왜라고 묻는다) 오후엔 장기 투숙객이 죽어서 라디오 속 블루스를 헤집어 놓고 옆 테이블은 카드를 돌리고

둘 중 누군가 혈흔을 흘렸다
혈액형을 알아내려고
숟가락으로 피를 긁어모았다

시멘트 가루 욕조에 쌓이고 선풍기가 적막을 깨트리고 창 바깥을 봐요 A는 사랑에 대해 말하고 싶다 참는다 B가 머리를 쓰다듬는다 화단에 썩은 물을 준다 취객들의 말다툼이 들려온다 소파 가죽을 뜯어먹은 고양이가 생각나

동물 놀이를 하던 A가 낡은 주전자로 변했다 B는 낡은 주전자를 끌어안았다 (A는 변하지 않았다) B는 싱크대에 물을 틀고 범인을 생각하다가 생각하다가 생각… 생각을 버렸지 (수증기라고

말하면 싱크대 속에 하얀 안개가 발생할 것 같아서 두 번 열 번 반복했지만 아무런 일도 없었다)

경비원이 물 뿌리며 청소해놓은 굴뚝들 회로들 복도 끝과 끝을 맞추어 선 장미 꽃병과 빨갛게 켜진 눈빛들

게르니카

A : {그러나}
　　{나는 경찰이고}
　　{너는 비디오테이프다}

세숫대야에 처박힌 비누조각 할머니의 체조 주전자 속 물거품 이게 아닌가 방 안에 누운 B가 검은 화면을 틀고 있다 우리 이야기야 골목 끝에서 자란 여관이 불길에 휩싸이고 있다 붉은 의자들이 허공에서 떨어지고 있다 밀린 숙박비를 뒤로 하고 현관문 바깥으로 연인이 도망친다 붉은 식탁들이 공중에서 뒤집히고 있다 여름 날씨에도 꽉 잡은 손 참새들이 먹이를 물다가 목 막혀 죽어버리고 경찰 목소리가 들린다 침대 옆 간혈적 기침 리모컨을 쥔 손이 검은 화면을 끈다

B는 승강기를 타고 내려간다
A가 수갑을 채운다
사랑한다고 말한다

안성 광신 로타리

도마뱀은 가지고 놀기 좋았다
해가 뜰 때
귀가 열린다
손이 접힌다
계단을 내려가는 도마뱀 이층까지 올라가는 애인과 함께 손을 빌려주시겠습니까 다리를 건네주시겠습니까 삼층까지 내려가는 육체 창백한 글씨처럼 몸에 대한 이야기는 찢어진 교과서 같고

도마뱀은 나의 애인과 함께
베란다 난간으로 기울어질까

옥상 정원은 오층에 있고 온기 속에서 동공에 구멍이 생기고 송곳니가 화단에 처박혀 있고 하얀 우유가 창틀에 흐르고 있고

평택시 청소부는 애인과 함께 간다 영화를 보러 엘리베이터를 타고 하강하는 이빨의 이미지 교과서에서 배웠지 도마뱀의 피는 하얗고 끈적하고 어지러운 조명 같고

버튼을 누를 때
지하 일층 이층
이빨이 흔들리는 건
턱 뼈가 문제다 구조가 흔들리는

지하 주차장의 도마뱀 자동차들끼리 떠들어대고 있으니까 낄 수가 없었지 하얗게 칠해진 선이 있고 규칙이고 부당하다고 느껴진다면 뉴스가 나고 살해 협박도 받고 사각형 선을 따라 바퀴 밑에 깔려야겠지

나의 도마뱀아

어젯밤엔 책장에 너를 올려놓듯이 페이지를 넘겼다 아버지의 혈서와 어머니의 유서를 뒤로 하고 여름의 찐득함을 모기 떼의 귀찮음을 받아 적었다

멍청한 새끼

첫 페이지가 있고 두 번째 페이지가 있고 세 번째 페이지부터 망막을 잃었다 청력이 손상됐다 신체에 대한 감각은 그만둬야지 싶었는데

아는 게 그것뿐이구나

빈 종이에 등을 베였구나 아팠구나 그래서 피를 핏방울을 접시 위에 과일을 불투명한 포크를 입에 물고 간절한 표정을 지었구나

당신이 말하는 대로 썼다 읽었다 배웠다 가르쳤다 그런데 왜 당신은 없지 청 자켓만 입고 담배만 피우고 왜 없지

그것을 가져야겠다
도마뱀아

책상을 엎고 의자에 불을 질러야겠다 불 속에서 누군가 걸어 나온다면 그것은 나의 문제다 죽어버려라 아니 죽지 마라

해가 질 때

비상구가 불탄다

사다리가 슬프다

안성시 건축가는 파괴한다 옥상 정원은 나를 잃고 사과나무가 너를 잃고 육체라는 낱말이 깊이를 잃어서

도마뱀은

지붕 끝으로 기어갔다 언덕 밑에서 직관이 기다렸다

새절역 고시텔

기차를 타고 설원을 달리는 남녀의 이야기 창밖으로 눈
덮인 들판을 구경하는 여자 여자는 놀란다 기차가 요란
하게 흔들려서가 아니다 남자는 바보처럼 졸고 있다 잠
깐, 일어나 봐요 저기 보라색 소에요 남자는 귀찮다는
듯 눈을 뜬다 정말로 보라색 소가 자신의 살점을 뜯고
있다

보라색 소가 뭐야, 여자는『새절역 고시텔』을 읽다 덮었다 그
러나 창밖에 눈이 내리고 방 안에서 등이 마른다 이불을 자
꾸 끌어당기는 남자, 오른쪽 팔목에 타투가 인상적이다 썩은
체리가 그려져 있다

#1 작가의 등장

나의 의도에 의해 303호와 304호가
사랑에 빠져들 것이다

　　　　　　　폭설과 밤은 완벽한 클리셰다
　　　　천장이 낮아지므로 등장인물이 잠든다

푸른 기타가 울렸다 옆방에서

개가 짖었다 아니다 그것은 환생이다

욕실의 샤워장치가 눈을 떴다 수압이 약해서 쥐가 비누를
갉아먹는다 현실 도피는 없어 단지 현실의 끝, 304호는 찬
물로 머리를 감는다 짧은 신음을 뱉어도 타일 바닥은 조용
하다 그의 헐벗은 등을 보며 그녀는 북극곰이 인간의 심장
을 즐겨 먹는다는 다큐멘터리를 떠올리다가 그르렁거리는
동물 숨소리를 따라 해보다가 건조대에 말린 속옷들 사이로
그의 좁은 어깨를 툭 건드려 깜짝 놀라 뒤로 자빠지게 만들
어놓곤 창백하게 질린 시체를 구경하듯이 깔깔 웃었다

2 고장난 세탁기에 대한 입장

a) 사각형 사물

b) 그것은 세탁기고 여자는 형체 없는 얼굴과 마
주 앉아 혼잣말을 한다 하체는 육각형으로 앉아
있다

c) 모든 관점은 레몬 향의 세제처럼 어지럽고,

보라색 소를 키우고 싶다고 여자는 신나서 방방
뛰었다

d) 남자는 패배자 같은 구석이 있고, 창틀에 잘
린 상체가 욕조에 누워있듯이 아침이면 하체는
무인 세탁소로 향한다 밀린 빨래와 이불들

e) 흰 눈을 맞으며 그는 한다

f) 버튼을 누르자 물이 샌다 콧구멍에서 단춧구
멍에서 항문에서 그가 지닌 모든 구멍에서

g) 바깥으로 뛰쳐나가는 여자 흰 눈을 밟고 계단
으로 자빠지면 모든 관점은 죽음보다 유머에 가
까웠다

3 부모에 관한 304호의 입장

그러나 남자는 피크닉에 대해 별 생각이 없다

둘은 평상에 앉는다 패딩을 입고 호빵을 나눠먹는다 따뜻한
입김은 어떤 착각을 일으킨다 아버지가 권총 쏘는 시늉을
하면, 나는 뒤로 굴렀어요 슬픈 놀이였어요 차가운 사과나

무 아래서 그 짓을 했어요 주로 아버지가 쐈고 나는 쓰러졌
죠 주로 아버지가 빵 했고 나는 억 했어요 계단에서 창문 깨
진 소리가 들렸다 (제발 어머니, 토끼는 식용이 아니에요 괜찮다 아들
아, 토끼를 먹어야, 인생으로부터 멀리 뛸 수 있지 않겠니)

다음날부턴가 남자는 언어를 잃았다

여자는 책을 덮고 잠든 남자를 본다 썩은 체리의 형상이 지
워졌구나 푸른 파노라마가 벽지에 펼쳐진다 책장 밑에 가족
사진이 찢겨져 있다

#4 표사

촛대는 비물질적이다 작가는
가족 중에 범죄자를 숨겨놓았다

보일러를 켰다 껐으므로
옆방의 온도가 그녀를 불러냈다
304호의 죽음이었다

작가는 퍼즐을 뒤섞는다 기괴한 신발장의 외관이 그렇듯이
푸른 촛대가 녹아내린다

나선형 계단을 밟고 그녀가 내려간다 의미가 소거된 세계에
살고 싶다, 고 그녀는 생각한다 쌀 한 줌 신발 밑창에 넣어본
다 그러나 의미는 온다 길가에 놓인 자전거를 훔쳐 탄다 페
달을 밟고 도망친다 며칠 내에 돌아올 것이다 303호가 방문
을 열고 옆방에서 개가 짖고 발가락은 굳어버렸다

차가운 냉장고, 피, 추상들

해가 질 때쯤 호텔이 나타난다 302호 샤워실로 들어간다
문을 노크하는 소리 눈 감아 봐요 여자가 말한다 벽지에는
보랏빛 물줄기들 샤워기 헤드가 찢어지고 있다 그것은 부
서져 눈부신 장식끈 모양으로 연인을 깔아 뭉개버린다 하
나가 셋이 되고 둘이 넷이 되는 표정들 빈 칸 속의 욕조 독
자를 안내할 것…

최
지
인

1990년 경기도 광명에서 출생했다. 중앙
대학교 연극학과에서 극작을 전공했고,
2013년 《세계의 문학》 신인상을 받으며
등단했다. 시집 『나는 벽에 붙어 잤다』가
있다. 창작 동인 '뿔'로 활동 중이다.

문제와 문제의 문제

1.

우리는 새로운 세계에 살고 있다

2.

기술; 인간의 뇌와 컴퓨터를 연결하여 디지털 기기를 제어
할 수 있고, 뇌와 뇌를 연결하여 인공지능에 대항할 수 있음.

네가 언제 어디서든
내 생각을 읽을 수 있어 미래에는
전쟁이 일어나겠지

그렇지만
커뮤니케이션
끊이지 않는

3.

회사에서 밤샘 작업하고

책상에 엎드려 쪽잠 잤던 일

자랑처럼

피곤에 찌든 얼굴

웃으며

이 세상이 멸망할 때까지

미래는 끝나지 않을 것이다

4.

지난봄 스포츠 일간지에서 K의 사망 소식을 접했다 그의 삶
을 요약한 기사 최우수상을 수상한 영화에서 냉소를 연기했던 K

노래하지 않는다면

나는 곧 잊혀지겠지

결코 만난 적 없지만

K,

고독과 죄는 등가물인가

5.

굶어 죽지 않으려면

일해야 한다

남산타워 바라보며

매일 아침

담배 태우는 사무원에 대하여

6.

사람 가득한 플랫폼

누군가 해코지할 것 같은

어딘가에서 큰 소리가 났고

검정색 조끼 입은 사내 둘

서둘러 그쪽으로 향했다

빨리 와, 빨리 와

빨리 오라고

소리치고

열차 멈춰 서고

심장

7.

그는 알코올 의존자였다

혼자 소주 한 병을 다 비웠다 그사이 나는 내 잘못을 다 털어놓았다 그가 소주 한 병을 더 시켰고 그것이 무엇이었든

이미 벌어진 일은 되돌릴 수 없다

얘기를 끝내고

배웅하며 그를 끌어안았고

그가 무사하길 진심으로 바랐고

그는 살아서 술 마시고

삶이란 게 참 묘한 거구나 중얼거렸다 그 말이 무슨 뜻인지 왠지 알 거 같았다

8.

모두 한마음으로 힘들어하겠지

서로를 밀치면서

다리도 너무 아파

삼십 분밖에 안 걸린다는데

왜 이렇게 긴 걸까

9.

얼마 안 남았는데 계단
소변 너무 마려워
짐들 네게 맡기고
홀로
화장실로 뛰어갔다

혼자 둬서 미안해
물을 너무 많이 마셔서 그래
항상 그래 넌
그렇게
변명하지

0.

내일 아침 편지를 부칠까 해 주소 하나 적어줘 잘 자고

보낸다는 마음만 받을게 잘 지내고

계속 나아가지 않으면 고이기 마련이지

우리에게 다음이 있다면

얘기할게 꼭

제대로 살고 있음

고층 빌딩 유리문 앞
새 한 마리 날개 접고
떨고 있었다 새도
추위를 타는구나 눈 감고
죽어가는 새
사람이 아플 때처럼
누구야 하고 불러야 할 텐데
사람들 유리문 앞
새를 피해
각자 일을 봤다

우리는 죽지 말자 제발
살아 있자
폴리에스터 충전재를 거위 털로 속이고
야 진짜 따듯하지 않냐 웃으며

그리고리 야코블레비치 페렐만(Григóрий Яковлевич Перельмáн): 과학자가 자연을 연구하는 이유는 쓸모 있기 때문이 아니라 아름답기 때문이다. 만약 자연이 연구할 가치가 없다면 우리 인생 또한 가치가 없을 것이다.

어머니는 세 번
아이를 지웠다고 내가
스무 살이 될 무렵
그 사실을 고백했다
감사한 일이지
네가 태어난 건
도무지 이해할 수 없었다

철도 파업이 닷새 만에 철회되었다
며칠 전 어느 일간지 헤드라인은
「철도 파업에 수험생들 '발동동'」이었다

인간 대 인간으로 조언 하나 할게
너무 자만하면 안 돼
위에서 일거수일투족을 지켜볼 거야
조심히 행동해야 해

엄마, 새해 복 많이 받아
꼭 성공해서 보답할게

요새 애들은 뭔 할 말이 그리 많으냐, 자고로 시는 함축적이
어야 한다 말한 교수에게;
　우리는 장황하게 말할 것이다 계속
　여러 명의 목소리로 떠드는 걸
　멈추지 않을 것이다
　산과 바다, 인간이 파괴한 자연, 인간이 파괴한 인간, 우수한
여백과 무수한 여백

(나이가 들면 어린 사람 말은 듣지 않겠지 면전에서 조소하겠지 그리고 모
든 걸 알게 되겠지 허무하다 여겼던 모든 것 아름다워서 빼앗기지 않으려고
안간힘을 쓰겠지)

　자리가 사람을 만든다는 말은
　자리가 괴물을 만든다는 말로
　수정돼야 할 것이다
　사람들에게 돈을 줘라

어려 보이는 게 말버릇이 고약하구나
너 같은 아들이 있어 나도
너 같은 아버지가 있어

오전 9시 20분 전주행 고속버스는
오전 9시 19분에 떠났고 나는
곡행하는 버스 후미를 쫓았다
설마
아닐 거야
표값의 30퍼센트를 물어야 했고
1분쯤 일찍 출발한 건
따져 물어도
달라질 게 없었다

포스트 포스트 펑크

그때 우리가 벌인 일은 죗값을 치러야 마땅했다
자전거 타이어에 공예 칼을 쑤셔 넣고 도망친
가게 화장실 거울을 깨뜨리고 쏟아지는
새벽
밤
주공아파트 주차장
일렬로 늘어선 자동차들 보닛 위를
쿵, 쿵, 쿵
점프하고
여기까지 오는 데 너무 오래 걸렸다 우리에게 필요한 것은
사람의 체온, 혼자가 아니다, 쓸모없지 않다
여기게 하는 무엇
포스트
포스트
펑크, 질투와 분개는 힘이었으나
그것은
사람을 나이 들게 하는 것
초고층 빌딩으로 가득한 도시 계획
철근과 콘크리트

권총에도 끄떡없는

강화 유리

우리 인생이 우리 주변을

다 망쳐버렸다고, 불빛, 하루 치 전기세

주상 복합이 들어설

생태 공원 앞

오해야, 오해 우리는

추락하는

진북

내가 나기 전 할아버지가
세상에 남긴
마지막 말
재슥아 변소에 가야쓰겠다

아버지 제대하고
보름 되던 날
아버지는 아버지를 일으켜 세웠으나

칠 남매 중 여섯째인 재슥이는
아버지에 관해 물을 적에
아는 게 별로 없었더랬다

왼손 엄지와 검지 사이
한국전쟁 때 입은 총상이 있고

은행 보안관으로 일하다
정년 맞고 며칠 뒤
선산에 묻혔다

부지깽이로 숱하게 때린 건
농땡이를 피운 탓이고

집안의 온갖 책
마당에 불태운 건
첫째와 둘째가
학업에 소홀한 탓이며

불 연기가 고약해서
칠 남매는 벌벌 떨었다

방학마다 여섯째가
시골에 갔다 입 하나
줄어든 셈이었다

소여물 주고
돼지 똥 치우며
굶지 않아 좋았다

자식들 굶게 하는 건
견딜 수 없었고

닭 한 마리 고아
기름 둥둥 뜬 국을
일주일 나눠 먹었다

다른 생각은
할 수 없었다 봉급생활자
삶이 끝나자 모두
끝이 났다

조선팔도 어디에서든
다치지 않고
돈 많이 벌게 해주시오

기도하는 어머니
영정사진 앞에 앉아 있고

세월이 가물가물

나는 서른하나가 되었다

열여섯 개의 목소리

소종민

문학평론가

멜랑콜리 맨

"한때 누군가를 목숨처럼 매달고"(「복제 골목」), "수명이 다한 꽃들"(「네온사인 꽃」), "썰물이 지나간 자리"(「행복한 밥상」) 같은 구절에서 짐작되듯, 권성훈의 시들은 무언가 끝난 뒤의 시점에서 시작된다. 아침이나 새벽 풍경은 없고, "색색의 꽃을 끓이는 번화가 밤"(「네온사인 꽃」)이거나 "적나라한 오후"(「행복한 밥상」)에 시간이 놓여 있다. 시에 등장하는 사건들뿐만 아니라 사물이나 사람들 역시 부패했거나 퇴색되고 박제되어 있다. "부풀어 오른 독성의 시간"(「네온사인 꽃」)이다. 현재가 그러하므로, 미래를 구성할 수 없다. 뼛속에 기록된 과거의 기억만을 양식으로 삼아 살아갈 뿐이다. 「네온사인 꽃」에서는 "수명이 다한 꽃들이 … 나비같이 퍼덕이다가 내려온다". 「행복한 밥상」에서는 "서로의 육탈에 기대어/ 달그락거리며 왔던 길을 향해 간다". 「복제 골목」에서는 "하얗게 박제된 당신의 족적을 빠져나"가고 있다.

이미 죽은 삶이다. 이건 오로지 '당신'의 부재 때문에 생겨났다. "오랜 동안 당신을 나로 입력하던"(「복제 골목」) 날은 이젠 없고, "어두운 당신을 가질 수 있"(「네온사인 꽃」)었던 것도 이미 지난 계절이 되어 있으며, 당신과 나누었던 행복한 밥상도 이젠 "반쪽 얼굴을 잊고 눈알도 빼 먹은 채"(「행복한 밥상」) 물린 지 오래다. 그이를 찾아 헤매지만, 흔적조차 찾을 수 없다. 생사확인조차 할 수 없는 지경에까지 왔다. '끝'은 과거의 일이었지만 끝나지 않았다. 끝은 이미 오늘로 연장되어 있고, 내일도 여전히 늘어져 있는 끝을 확인하게 될 것이다. 끝은 과연 끝날는지. 권성훈의 시는 온몸, 온정신을 그이에게 바치고는 매듭 한 가닥도 짓지 못한, 바보 같은, 한심하고 지독한, 산채로 풍화되어 가는, 어리석은 육신의, 찬란한 사랑 노래다.

드림캐처

권오영의 시는 꿈 같다. 호주의 대형 산불 뉴스, 〈곡성〉 또는 〈월요일이 사라졌다〉 같은 영화를 잠자기 전에 본 듯하다. 대체로 그 풍경은 어둡고, 향 냄새나 탄내가 난다. 네 편의 시들에는 불안과 공포와 위험과 거짓과 강요와 폭력의 정황이 가득하다. 그렇지만 그 꿈이 마냥 악몽인 것만은 아니다. 잠을 간섭하는 쓸데없는 꿈을 나무라고, 겨울 강을 건너는 나비의 고단함을 걱정하며, 타일 바닥에 떨어진 아기를 걱정하기도 한다(「꿈의 꿈」). 나아가 진실과 거짓, 확실과 불확실이 분별없이 섞여 있음을 직시하고, "진실을 지켜보는 동안 새날이 온다"는 믿음을 지녀보려고 애쓴다(「월요일이 사라졌다」). 세상이라는 현실은 깊이를 강요하고 얼굴에 상처를 내지만, "순전히 내부의 방식으로 꽃밭을 키워낼 거"라는 다짐과, "우물은 혼자 깊어지는 법이"라는 깨달음을 침묵하게 할 수는 없다(「월요일이 사라졌다」). 이렇듯 권오영의 '꿈'은 부정적 현실을 직시하고, '새날'에 관한 믿음을 드러내고, 삶의 깨달음과 다짐을 엮는 장치로 기능한다. 시인에게 '꿈'은 하나의 무대다.

「기상도」에선 "거리가 하나의 극장"(「기상도」)이다. 모래폭풍과 미세먼지와 폭발음과 비명소리와 겨울비가 난무하는 1월, 대형화면에서 '오늘의 지구'가 상영되고 있다. 지구의 먼지와 소란을 막아줄 모자와 이어폰과 마스크와 우산은 '나'를 지켜줄 소품들이다. 토끼 모자를 쓴 여학생은 마냥 명랑하고, 이어폰을 꽂은 아이는 마네킹 같다. 저마다 마스크를 하고 유령처럼 비껴가고, 이리저리 뛰어다니는 우산들이 어떤 얼굴을 하고 있는지 모른다. '악몽' 같은 현실을 열심히 피하다가 간신히 잠들면, 다행스럽게 '좋은 꿈'을 만날 수 있을까? 꿈의 시공을 함부로 침범하고 간섭하는 현실을 우리는 제압할 수 있을까? '악몽'에서 벗어날 수 있나? 꿈을 잠식하는 습관이 든 현실을 수리할 수 있나? "늙은 귀에서 마법의 비둘기들이 쏟아져"(「월요일이 사라졌다」) 나오듯 문득 현실이 마법처럼 순해질 수 있을까? 계속 꿈꿀 수 있을까?

더 복서

권현지의 시는 드라마틱하다. 네 편의 시 모두 도입과 전개가 있고, 폭발 또는 절정을 보여준 다음, 다시 처음으로 돌아간다. 「시소」를 제외한 세 편의 시들은 흰 종이 위의 영문 필기체(「언박싱」), 파이 위의 글씨와 공작새 부리 안의 문장(「불꽃놀이」), 천장까지 쌓인 책(「빛나는 이파리」)처럼 문자와 문장과 텍스트에서 드라마를 시작한다. 시에 진입하는 열쇠인 상형문자들이다.

「언박싱」은 깊이 감춰 두었던 유년시절을 꺼내는 시다. 버스를 탔던 기억, 베란다 정원, 애완동물로 키운 이구아나 '둘리'. 반전이 일어난다. 스튜디오, 아나운서, 초대석, 행위예술가들, 피가 흐르는 끔찍한 발. 절뚝거리며 돌아와 화초에 물을 준다, "목이 마를 거야 … 죽어갈 수도 있잖아" 하면서. 시인이자 둘째 딸이며 둘리의 언니로서 '나'는 변주나 복선으로 자신을 완성하지는 않겠다고 다짐한다.

「불꽃놀이」에는 심야의 호수공원을 무대로 초현실의 풍경들이 난무한다. '불꽃놀이'이자 '도깨비시장'이다. 축제 같다. 파이, 포도, 햄버거, 스테이크 등 시에는 먹을거리들이 가득하고, 사람들은 '먹는다'. 모두 욕망대로 마음껏 발산한다. 소소한 희열과 가벼운 흥분이 감지되는 시다.

「빛나는 이파리」는 시 쓰는 일의 어려움이라든가 고독함, 과도한 자의식 같은 내면의 풍경들이 할머니와 함께했던 시간과 어우러져 표현된다. "투명과 투명 사이/ 문을 박차고 나간다/ 세계의 망치를 들고/ 화분을 차례로 깬다/ 빛나는 이파리/ 반들반들 윤이 나는 것들을 밟고,/ 간다/ 이 세계엔 규칙이 없다"(「빛나는 이파리」). 시인의 표현처럼 시를 쓴다는 건 그렇게 무언가 깨나가는 걸지도 모른다. 얼굴에 멍이 가득하고 숨이 끊어질 듯해도 주먹을 앞으로 내미는 복서처럼 말이다.

숨은 사람

　김병호의 시에 나타나는 사물이나 사람들은 대체로 젖어 있다. '당신'이나 구름, 눈과 비, 빨래들, 수도원 담장이라든가 물가에 서성대는 고모의 모습이 그러하다. 날씨와 계절에 민감한데, 겨울 하늘의 구름은 "차가운 지느러미를 달고"(「어제는 겨울」) 흐르며, 가을에는 "초록을 꺼뜨린 나무들이 밑줄로서"(「나만 듣는 말」) 있다. 창밖에 눈이 펄펄 내리자 "처음으로 돌아갈 수 없는 슬픔처럼/ 허기가"(「아무도 모른다고 하였다」) 진다. 편편이 마음을 아리게 하는 구석이 있다. 떠돌고 떠나고, 만났다가는 금세 헤어진다. 시에는 자주 구름, 바람, 허공, 허기가 나타나는데, 무언가를 찾아 흔적을 더듬다가 마음 내키지 않으면 거기다 두고 온다. 무수한 떠남엔 다 사연이 있어 보이나 무슨 일이 있었는지는 밝히지 않는다. 사건의 파장과 영향이 '나'에게 남아 있어 '나'는 그 울림 또는 메아리에 깃들어 살고 있다. 몹시 쓸쓸하나 더 깊게 파고들지는 않는다. 애이불상(哀而不傷), 슬퍼하되 슬픔이 지나쳐 상처가 되게는 하지 않는다. 무겁지 않고 깊지 않도록 '우울'을 잘 길들여 몸에 지니고 다니는 듯하다.

　한편, 직설과 하대가 아닌 에두르는 높임말은 아픔과 고독과 그리움을 담담히 듣게 하는 효과가 있다. "거기 누구 없어요?"(「아무도 모른다고 하였다」) 하고 부르는 건, 최초의 사건이 자신 안에서 더 멀어지지 않도록, 없어지지 않도록 하려는 의도에서다. 그렇게 "두고 온 것이 많은 어제"는 "또박또박 건너오지 못한 어제"였거니와, 오래도록 앓아 "나는 다만 어제"(「몽타주)가 되어 있음도 아프게 고백하는 것이다. "우리 소관 밖의 일들"이나 "구름의 의중을 묻는 일", "당신의 안부를 대신 슬퍼할 일"과 "무엇이 되는 일"(「나만 묻는 말」)들 따위는 이젠 온전히 자신의 일이다. 내다버려도 누구도 뭐라 할 수 없는 일. 김병호의 시는 '잃음'과 '잊음' 사이에서 서성인다.

세탁기 돌리기

김태경의 시는 투명하고 담백하다. 기교가 많지 않다. 살림살이가 비록 피로를 부르지만 늘 새로운 의지로 다시 삶의 현장으로 나가는 모습이 선명하게 그려진다. 일상에서 느끼는 복잡한 심정을, 되도록 간결하고 정돈된 단어와 구절로 엮는다. '생각나는 것 전부를 쓰지는 않겠다'는 내면의 원칙이 있어 보인다. 김태경의 시는 3·4조의 정형률을 따르는 시조(時調)이기도 하다. 기본 자수가 정해지는 제약에도 불구하고, 위태롭고 불안한 생활인의 내면을 잘 표현하고 있다.

「꿈을 꾼다」는 직장 일을 마치고 돌아온 회사원의 노곤한 하루를 세탁에 빗대어 표현한 시다. "헌 옷 같은 표정"에 "팽창했던 그의 얼굴", "덜 덜 덜 흔들렸던 하루"를 빈방 구석에 부려 놓는다. 오늘과 내일과 불안을 한데 넣어 깨끗이 빨아 표백하고 싶고, '쌓인 빚'과 '너덜대는 미래'를 유연제로 풀어서 가지런히 펴고 싶다.

「보이지 않는 영토」는 수평을 이루지 못한 채 기울고 모서리 진 아픈 기억들, 네모, 세모 각지게 살다 여기저기 깨진 삶이 동그라미를 닮았으면 하는 마음을 드러낸 시다. 귀퉁이에 웅크린 자신의 모습을 발견하며 다시 조율하여 균형을 찾기를 바라고 있다.

「고무찰흙의 시간」은 나와 너 스스로 찰흙 빚듯 내 자신의 질감과 모양과 시간을 만들 수 있다고 말한다. 지금은 시간의 힘에 '주저앉아버린 앉은뱅이'가 되어 있지만 곧 자신을 사랑하게 될 거라고 확신한다.

「b(플랫)」는 반음 내림표 b의 모양에서 빗방울을 연상한 시다. 잎사귀의 잘린 반쪽도 b를 닮았다. b는 단조(短調), 즉 어둡고 슬픈 마이너 음계. 일이 힘들어 "뻣뻣해진 양어깨가/ 반음만큼 낮아"지기도 한다.

천국과 지옥의 식사

"숟갈을 입에 넣을 때마다/ 나는 왜 찌르르 화살이 꽂히는 것 같을까." 문성해의 시 「화살」은 이렇게 시작한다. 숟가락이라는 '둥근 화살'에 얼굴이 단련되는 것, 밖에서 쉼 없이 안으로 침범하는 것. 문성해는 그것을 '식사'라고 명명한다. 마지막 연도 충격을 준다. "내 얼굴에서 입이라는/ 과녁이 사라지면/ 마침내 숟가락은/ 안식의 붉은 녹을 얻겠지".

식재료를 먹기 좋게 다듬고 조리해서, 시각적으로도 보기 좋게 담고, 나름의 관습과 예절에 따라 음식을 먹고 나누는 행위 일체를 '음식 문화'라 한다. 문성해의 '식사'는 '문화적 행위'와는 다르다. 생물학적 연속성을 유지하는 영양소 섭취 과정이라고 볼 수도 있지만, 그조차 낭만적인 해석일 수 있다. 문성해의 '식사'는 문화 행위라기보다는 경제적 재생산 과정에 가깝다. 이 식사에는 격렬한 내부 드라마가 있다. '숟가락이라는 이름의 화살이, 입이라는 과녁을 향해 쳐들어오는' 장면 저 깊이에는 만성적 궁핍과 무한 반복되는 수치와 모멸, 인간과 비인간의 경계소멸 등의 지옥도가 잠복해 있다.

시인은 차라리 "살 속에 붉고 선득한 고래고기 한두 점을 섞은 채"(「울산사람」) 살아가는 '울산사람들'이 되길 소망한다. 민중의 야생적 삶이야말로 일체의 꾸밈없는 자유의 삶, 활기로 가득한 사람다운 삶이니 말이다. 모래로 범벅이 된 미꾸라지를 한입에 삼키는 두루미에서 시인은 이와 흡사한 야생미를 발견한다. 감격하고 슬퍼한다(「사유지」). 산양처럼 거친 사내애들을 둘씩이나 낳아 기르는 당당한 친구의 모습에서 '어머니-대지' 같은 거대한 생명력(「산양을 찾아서」)을 느낀다. 이들과 한데 어우러져 살아갈 때, 시인의 식사는 천국의 것으로 바뀌리라.

생사장(生死場)

박헌규 시 가운데 「지휘봉」을 제외한 「죽은 카나리아 들고」, 「[틀]을 바라보는 기관뿐인 人間의 모노드라마」, 「머나먼 접시」까지 3편의 시에는 평면도형과 입체도형, 캘리그래피(calligraphy), 다이어그램(diagram)이 들어 있다. 이 작품 속 캘리그래피는 문자를 축소, 확대, 비틀기 등으로 변형하거나, 특정

단락이나 문장을 역삼각형이나 가운데가 비어 있는 정사각형 모양으로 시각화한 것이다. 「머나먼 접시」에서 다이어그램은 접시 모양의 타원형 도형이기도 하다. 작품 안에 시각 요소가 적극적으로 사용되는 까닭은 정신계의 무의식적 층위에서 일어나는 무수한 교차와 다양한 전위(轉位), 순간적 수렴과 지속적 발산과 같은 입체 운동을 평면 텍스트로 표현하기에는 충분하지 못하다고 판단했기 때문일 것이다.

예의 텍스트를 읽는 과정에서 일어나는 의미화 역시 금기나 검열과 같은 억압 요소를 과감히 표출하는 방향으로 구성되어 있다. 「죽은 카나리아 들고」에서 시적 화자는 죽은 카나리아를 들고 소각장으로 간다. 잉꼬, 토끼, 햄스터 상자에 든 기니피그, 좁아터지고 냄새나는 '나', 좁아터진 하느님이 소각장으로 향한다. 텍스트의 오른편에 4층짜리 사각 도형이 그려져 있는데, 소각장이자 납골당으로 짐작된다. 제일 위층에서도 '소각장이, 납골당이 어디냐'고 묻는 목소리가 끊임없이 들린다. 소각되어 하얀 뼈로 추려지더라도 목소리만은 환청으로 살아 계속 길을 물을 것이다.

「[틈]을 바라보는 기관뿐인 人間의 모노드라마」에서는 하늘을 갉아먹는 '수은빛공기벌레'가 작품의 중심 역할을 맡는데, 문자를 남용하거나 오독하는 인간의 변형으로 여겨진다. '하느님'의 일관된 주관 아래 사각의 캘리그래피로 된 '무덤자궁/자궁무덤' 내부를 떠다니는 이 벌레는 태어남(生)과 죽음(死)을 한 몸으로 하여 삶과 죽음/주검을 맘껏 희롱하는 존재로 그려진다.

「머나먼 접시」는 시-텍스트와 인간-신체를 동일시하면서 신체의 각 부분을 한 곳으로 모아놓는다. 모양은 자웅동체 즉

'앤드로자인(Androgyne)'이고, 모인 곳은 접시 모양의 다이어그램이다. 하나에는 "씹다 만 미래가 썰다 만 옛날을 먹어치우는 교양—그게 머나먼 미래야?"라고 적혀 있고, 또 하나에는 "씹다 만 옛날이 썰다 만 미랠 찍어 삼키는 교양—그게 머나먼 옛날이야?"라고 적혀 있다. 마지막 다이어그램에는 reserved for co-suicide(동반자살을 예약함)라고 적혀 있다. 하지만 죽음은 혼자만의 것이라 예약은 곧 취소되고 환불조치될 것으로 보인다.

시 「지휘봉」에서의 '뭇 개체'는 군사조직과 학교, 체제, 기관, 각종 틀, 언어, 병원 같은 것에 압착되어 있다. 지휘봉에 휘둘려 삶과 죽음 모두 부정되고 뒤집혀 있다. '나'는 어떻게 되어 있나? 시들을 읽으며 떠오르는, 무거운 질문이다.

감자 혁명의 날

배경희의 「녹색 감자」는 "의심과 거짓말을 일삼"아 "검은 죄를 생산하"는 TV와 신문을 풍자하는 시다. 그냥 흰색이기 때문이라는 "이유 없는 이유"로 낙인찍어 죄를 만들고 칼날을 휘두르는 황색언론을 비판하며 마지막 연에서 "때때로/ 칼날 꽉 문/ 단단한 무를" 기억하는지 묻는다. 이제 "햇빛 든 녹색 감자의 혁명"을 두려워하게 될 거라고 경고한다.

시 「이어가기」에는 "유리 속 사체", "부패한 부드러운 살", "식탁 위 해골"이 등장한다. 살아 있는 유기체는 부패하고, 주검은 화려하다. '부패해 가는 추한 생(生)'을 고정하여 '생생한 죽음'으로, '아름다운 주검'으로 부활시키는 것이다. 삶을 "썩은 몸에서 쏟아지는 구더기들"이라고 부정적으로 정의하는 한편, "죽음이 살아 있다"며 죽음에 삶과 아름다움을 부여한다. 생과 사의 아이러니를 말하는, 이 시의 부제는 '데미안 허스트'다. 죽은 유기체에 투명 실리콘을 부어 굳혀서 '생(生)의 표정'을 연출하는 것으로 이름을 얻은 미술가다.

「햄릿증후군」은 과일가게에서 어떤 자두를 골라야 할까를 고민하는 장면에서 시작된다. 어느 것이 달콤할까? 고를 수 없다. "두 갈래 길에서도 어디로 갈지 모르듯" 말이다. 어느덧 '살아온 시간들'도 그렇다고 생각한다. 선택은 '바람의 긁힘' 같은 사소한 차이에 따른다. 화려한 삶의 길을 욕망하지만, 우연적인 사건이 선택의 순간에 개입하는 일을 누구도 막을 수 없고, 자유로울 수 없다. 햄릿증후군과 같은 선택 장애에 시달릴 수밖에 없지만, 그래도 자신의 인생을 무책임하게 방치할 수는 없는 노릇이리라.

「20세기 동물농장」에 사는 201호에서 204호까지의 이웃주민들은 소심하고 겁이 많아 서로 깊이 관심 두려 하지 않지만, 서로 비슷한 서민성을 지니고 있다. 비록 소시민적이지만 순박하고 정겹다. 염소 부부, 얼룩말 노총각, 뚱뚱한 여우 여사, 중년 아저씨 늑대와 같은 캐릭터 덕분이다.

배경희의 시에는 자신과 타인들이 식물(채소, 과일 등)과 동물(염소, 얼룩말 등)로 자주 변신한다. 현실의 냉엄함을 견디는 한 방편으로 우화적 요소를 도입하는 것이다. 그렇게 하면 세상은 한결 감당할 만하고 조금은 안심할 수 있는 대상으로 축소시킬 수 있는 장점이 확실히 있다.

봉투의 입담

유종인의 시들은 화려하다. 하려는 말을 이해하는 데 까다로움이 없다. 「불멸의 시집」은 시로써 얻고 싶은 성취, 시인으로서 자신의 미래에 관한 소망을 피력한다. 「먼동」은 아직 어둠이 가시지 않는 새벽에 일어나 만물이 깨어나는 장면이 주는 에로틱함에서, 「봉투의 내력」은 편지봉투 같은 걸 보면 봉투 안에 입바람을 넣는 버릇에서 착안되었다. 봉투에 지폐 대신에 넣을 수 있는 건 무얼까? 그런 궁리의 산물을 소개한다. 「푸른 모과」 역시 이해하기 어렵지 않다. 8월의 모과에서 전생을 떠올린 듯, 시적 화자는 옛사람으로 변신하여 나귀를 탄다. 옛 시절로의 상상 여행이다.

이처럼 시의 속내는 간결하고 명료하지만, 시의 옷은 매우 화려한 장식을 갖추었다. 「불멸의 시집」에서 자신의 시가 "비주류의 끝 모를 권속"이며, "거의 읽히지 않는 즐거움"이라고 자조한다. 하지만 그럴수록 더욱 "내 시집의 … 두꺼운 표지는/ 테러리스트의 총탄을 … 막아낸 방탄복"이기를 바라고, "나의 시집은 … 장례식을 마친 유족의" 목베개로 부풀어 올랐으면 하고, '나의 시집'을 "아무 쪽이나 펼치면 그대는 그날의 운세"를 보게 되길 바란다. 나아가 '나의 시집'이 "인간의 선악으로만 갈릴 수 없는 내통"이 되거나 "소름 돋는 사랑의 조견표", "무한의 경이 서린 눈매", "광야의 바람이 다다른 느릅나무 밑의 앉을깨"가 되길 바란다. '나의 시집'에 베푸는, 헌정의 뜻이 담긴 화려한 꽃무늬다. '먼동'을 두고 "아무리 온 맘을 다해 눈을 질끈 감아도/ 소용없이 밝히어 오는 사랑"(「먼동」)이라 칭하거나, "등나무 그늘과 소나무 섬잣나무 그늘도 한 종족인 팔월"(『푸른 모과』)로 그려내는 시인의 솜씨가 탐스럽다.

봉투에 관한 명상이라고 할 「봉투의 내력」은 별도로 흥미진진하다. 빈 봉투 속이 문득 "낮별들도 가만 다가와 뭐가 있나 눈을 들이미는 동굴"로 여겨진다. 명상의 시작이다. "붉은 낙엽 한 장" 넣어 금일봉이라 하고, "갈잎에 떨어진 가을 무당거미"는 배당금이라면, "절간의 풍경소리 반 줄"을 가만히 봉투에 넣을 수도 있겠다 하며 점입가경, 봉투에 담길 뭇 풍경들을 휘몰이조로 열거하다가 "후우— 마지막 한숨이 황금을 낳게" 하였으면 하고 '봉투의 입담'을 마친다. 물, 공기, 풍경, 사람까지도 '화폐'와 교환이 가능한 이 시절에 '봉투'를 매개로 '시' 한 편과 '지폐' 한 장을 자리바꿈하는, 이토록 거침없는 상상은 특별한 해석의 욕구를 부추기는 데 부족함 없어 보인다.

모래 한 알의 무게

모래 한 알도 분명히 무게가 있다. 바로 여기 있다. '모래 한 알'은 그저 공간을 점유한 물체가 아니라, 시공에 벌어진 어떤 충돌이자 생과 사의 마주침이며, 각성의 순간인 존재론적 사건이다. 윤의섭의 시 「불사」는 그렇게 읽힌다. 한자가 병기되지 않은 제목이나, 부처의 집인 '불사(佛寺)'이거나 죽지 않는다는 '불사(不死)'일 수도 있고, 시의 중심은 모래가 아니라는 '불사(不沙)'일 수도 있겠다. 그도 아니면, 시에서 표현하고 싶은 것은 말 이상의 것, 말을 넘어선 것, 말로 다할 수 없는 깨달음이어서 '불사(不詞)'일 수도 있으며, 이런 모든 해석을 모두 사양하겠다는 '불사(不辭)'일 수도 있다.

「이몽」 역시 다른 꿈(異夢)이든 두 개의 꿈(二夢)이든 상관없겠으나 그 꿈은 '상승의 욕구'와 관련 있다. 또한 그 욕구를 근심하는 심리도 있다. "나는 거짓 희망처럼 걷는 중이고 희망을 걷어내는 중이다"와 같은 구절은 '걷는 것은 걷어내는 것'이라는 지침으로 종합될 수 있다. "스스로 알게 된다는 건 저버릴 줄도 안다는 것"이라는 구절 역시 이중으로 구속되는 자아의 무거운 상황을 드러낸다. 언제나 지금을 배반하는 기억들. 어쩌면 기억이란 늘 현재의 필요에 의해 재구성되는 것일 수도 있다.

기억은 언제나 망각의 침해를 받기 마련. "내가 잘못 기억하고 있었다는 걸 알았는데도/ 너는 영화처럼은 바뀌지 않았다"로 시작하는 「클리셰」는 기억의 불충분성, 오류로 가득한 기억, 기억과 긴밀하게 연결되어 있는 정체성, 기억의 핵심에 위치한 부재(不在)와 같은 화두를 던진다. 잘못된 시간에 관한 잘못된 기억조차 '길'이라는 생(生)이어서, 잘못 들어선 곳이다 하고 깨닫는다 해도 그대로 가야만 하는 길일 뿐이다. 윤의섭에게 '시'는 길이라는 생에서 깨닫는 한 줄 아포리즘 같은 것일 수 있다. 천지사방에, 또 내 안에 도저한 허(虛)함, 무의미, 허무, 니힐리즘 같은 허상들과 연일 격투를 벌이는 듯하다.

「친절한 계절」에서 느껴지는 과한 자의식은 검열 기제의 내면화일 수도 있고, 쾌감을 동반한 자학의 습관일 수도 있다. "알 수밖에 없을 지경에 이른 때는 눈에 보이는 모든 것이 물어봐 줄 때"는 "가장 혼자일 때이기도 한데 괜히 모두 친절하게 여겨지는 때이기도" 하다는 마지막 진술이 그러하다. 허나, 다 가정일 수밖에 없다. 지금 보이는 걸 쓰는 것이고, 지금 본 것이 다 본 것일 수도 없으니. 내일이면 보이지 않을 것이고 다른 걸 볼 것이니 말이다.

왼손이 말을 건다

이미영은 사람의 목소리에 민감한 귀를 가진 시인이다. 시 「왼손의 유전」에는 여러 개의 목소리가 들린다. '기생수'라고 놀리는 아이들의 목소리가 들린다. 또 그건 '기초생활수급자'를 줄인 말이야 하는 목소리도 있다. "깊이 생각하지 마" 하는 왼손의 목소리, "꼭 그렇게 다 말해야 합니까" 하는 오른손의 소리 없는 목소리와 '그러지 말라'고 충고하는 왼손의 목소리도 들린다. "도대체 행방불명된 손가락들은 어디에서 찾아야 합니까?" 하고 항변하는 오른손의 목소리를 아무도 받지 않는다. 박수치며 낄낄대는 왼손의 웃음소리. "아버지, 왼손이 이상해요" 하는 아이 목소리와, "나를 닮아서 그렇단다" 하며 잘린 왼손을 불쑥 내미는 아버지 목소리. "기생수다!" 얼떨결에 튀어나온 아이의 목소리. "잘린 플라나리아는 없어진 몸통이 다시 자라낸대요" 하는 왼손의 목소리. 밤마다 왼손이 하는 말에 귀 기울이는 아버지와 아이의 말없는 목소리. 카프카 같고, 「난장이가 쏘아올린 작은 공」 같다.

「암스테르담」의 1~5연은 한 사람의 목소리로 전개되지 않는 것 같다. 모든 연이 누군가에게 들려주는 이야기나 독백, 진

술로 되어 있는데 듣는 사람과 말하는 사람이 다 달라 보인다. 하지만 무엇보다 시인의 목소리를 우리 독자들이 듣는 점은 분명하다. 안네의 일기, 학살, 성에 이제 막 눈뜬 사춘기 소녀들. 어두운 옥탑방이나 숨어든 옷장 안에서, 다락에서, 뒷방에서 아주 작은 소리로 키득대는 목소리에 귀 기울인다.

"여기가 어딥니까?" 또는 "우린 지금 어느 사거리를 뱅뱅, 돌고 있는 겁니까?"(「뱅뱅, 사거리」)와 같은 목소리에 누가 답을 들려줄 수 있을까? "심하게 구겨진 금요일이면/ 넌지시 은밀한 코너링을 부탁하고 싶어진다"는 승객은 어느 정류장에서 버스를 탄 것일까? 분명히 구석과 창가를 좋아하는 다른 승객들에게서 동류의식을 지니는 화자(話者)는 아마 창에 부딪혀 깨진 빗방울의 궤적을 무심코 손가락으로 더듬고 있을지도 모른다. 그 얼굴에서 '나'를 발견할 수 있는가? 그 얼굴에서부터 흘러나와 발바닥을 흥건히 적시고 있는 목소리를 들을 수 있는가? 한두 개 단어로 주제를 말할 수도 있을 이 4편의 시들은, 또 그렇게 단정 짓고 싶지 않은 시들이기도 하다. 다시 얼굴을 더듬고 목소리를 다시 듣고 싶기 때문이다. 울림이 애잔하다.

바람이 분다, 살아봐야겠다

전영관 시인은 지하주차장에서 올라오는 냄새로 청소하는 분들의 사연을 읽는다. "코로 노동을 읽는다"(「용역」). "아무도 찾지 않는 계단 밑"은 그녀들의 "식당이고/ 쪽잠을 나누는 평상이고 친정이다". 그녀들은 "눅눅한 잔재들을" 치워주는 사제

들이니 신께서 이들을 각별히 보살필 것이다. 살림 걱정으로 가득한 이들의 머리 위에, 연일 짐 지느라 고단한 이들의 등에, 무겁게 또 다시 한발 내딛는 이들의 다리에 "환기구에서 신이 고용한 햇살이 쏟아진다." 무한한 연민과 무언의 격려가 깃든 시인의 시선은 섬세하고 따뜻하다.

시 「목련 때문에」에서 시인은 순백의 목련을 바라보면서 유서와 염려, 일을 마친 수컷과 요절, 위험과 '거짓말 같은 시'를 읽어낸다. 생이 불현듯 가져오는 희열의 순간은, 눈을 스치는 뭇 대상들에 관한 무심한 관조에서만 얻어지는 것. 그 자체 구도(求道)와 다름없는 이 시는 특별한 미감을 선사한다. 아름다움 곁에서 시인은 가만히 에로틱한 동행을 하고 있다.

시 「춘수(春瘦)」에는 겨우살이를 마치고 난 사내 하나가 고적하게 승강장에 서 있다. 사내의 얼굴은 여위었다. 그 얼굴 위에 하염없이 봄볕이 내린다. 상스럽고 캄캄한 나날을 회상하고 체념하지만 사내는 다시 이 환승역에서 열차를 기다린다. 바람이 분다. 올이 풀린 코트 자락 가장자리만 펄럭인다.

용돈으로 드린 백만 원을 통장에 고스란히 남기고 아버지는 먼 길을 가셨다. 시 「휴가비」 1~3연은 아버지의 유품을 정리하다 발견한 통장을 보고 울었다는 사연을 들려준다. 화자(話者)의 아들이 화자에게 백만 원 조금 안 되는 휴가비를 준다. 눈물 쏟을 일은 없어야겠다 싶어 화자는 남김없이 돈을 다 쓸 생각이다. 아버지와 아들이 만나는 일이란 "몇 안 되는 부의금 봉투를 헤아리며/ 아비의 외로움과 막막함을 짚어 보는 것"이다. 이 시는 고인의 일생과, 죽음 이후 밀어닥칠 슬픔, 오늘의 '나'를 미리 찬찬히 짚어 보게 한다. 마음 먹먹하다.

십자가 질 사람

정세훈 시인에게 '시'는 삶과 동의어인 듯하다. 아니 어쩌면 삶이 시보다 더 우위에 있거나 앞선 것으로 보이기도 한다. 「동면」에서 시인은 겨울비 내리는 전철역에서 갈 곳 없는 노숙자의 잠자리를 살피고, 정해진 궤도를 따라 오래 달려온 전동차에서 '우리들의 겨울날'을 본다. '승산 없는 생의 승부'는 어찌 결정 날 것인지 알 수 없다. "생이 무언지 제대로 젖어 보지 못한" 채 "포기하지 말아야 할 것을 어쩔 수 없이 포기"하는 일이 반복되기도 한다. 다시 우리는 '동면'에 들어갈 수밖에 없다.

「그해 첫눈」에서는, 생애 처음으로 집을 장만한 기쁨과 설렘이 표현된다. 마침 첫눈이 펑펑 내리던 날이었다. "어느 해 맑은 이른 봄날/ 햇빛이/ 너무 밝고 따스하여" 문간 셋방살이에 속절없이 울었던 날들이 묻히고 있다.

오랜만에 지리산에 오르며 군데군데 패인 웅덩이를 본다. "고여 흐르지 못하는 물"(「지리산」)이 많았다. 부르튼 발을 웅덩이에 담그자 "물꼬 트라! 물꼬 트라!" 환청같이 난데없는 목소리들이 엉겨 붙는다. "속세의 막힌 슬픔"이 여기까지 따라온 듯하다. 몸과 마음은 오랜만의 등산에서도 쉬질 못하고 있다. 고단하고 냉혹한 현실의 삶이 "발목을 한사코 부여잡"는 것이다.

부활절이다. 어느 광장에서 모형 십자가를 지는 체험을 하고 있다. "누가 지고 갈 것인가/ 적격자를 찾고 있다". 으레 벌어지는 기념행사이지만, 시인의 눈에는 예사롭게 보이질 않는다. "인류의 구원을 위해" 십자가를 질 적격자는 누구인가? 시인은 저마다 "자신은 적격자가 아니라 한다"고 빼는 사람들을 본다. 힘이 없어서, 나이가 많아서, 지병이 있다며 다들 십자가를 외면한다. 누가 저 십자가를 지고 갈 것인가? 예수는 과연 부활할 것인가? 시인의 물음은 타인들에게, 그리고 자신에게 향하고 있다.

방 안에 우물이 있어

"방 안에 우물이 있는데/ 일 년 사시사철 수온에 변함이 없다".(「우물」) 물맛도 좋고, 여름엔 시원하고 겨울엔 따뜻하다. 마르지도 넘치지도 않는 우물인데, 가끔 잠 못 드는 새벽이면 우물에 뜬 달빛에서 어떤 말씀이 터져 나온다. 조길성 시인이 말하는 '우물'은 무엇일까? 스무고개 놀이 같은 수수께끼다. 시 「문득」에서는 산소호흡기를 단 금붕어가 "연민을 모르는 고기는 좋은 고기가 아니야" 하고 말을 한다. 뒷문 밖 쪽방 구석에서, 꽃들이 애를 쓰고 있다. 지혜로운 말을 전하던 금붕어를 놓치자 "폭설을 뚫고 뛰어나온 피투성이가/ 유리창 속에서 떡떡 이빨을 부딪고 있다".

한편, 「눈보라」에서는 '앞 못 보는 사람'에게 보일 '무엇'을 '귀 먹은 사람'에게 물어가며 쓰고 있다. 신생아실에서 "가득 비참한 꽃들은 피어" 난다니, '꽃'은 '특정한 어떤 사람'을 뜻하는 듯하다. 상황이 여러 모습으로 달라지지만, 계속해서 '무언가'를 계속 쓴다. 마치 눈보라는 마구 무엇을 붓으로 쓰는 모습 같기도 하다. 머리카락은 헝클어져 있고, 눈은 광기 어려 있으며, 술은 식었고 찬도 이미 차가워져 있을 듯하다. "곧 흰 종이에서 피비린내"가 날 듯하다. "빨랫줄도 없이 무릎 없는 얼굴들을 널어놓고 지나가는 새벽이다"(「연애불가촉천민」)와 같은 구절도 쉽게 이해할 수 있는 대목이 아니다.

조길성의 시들은 예외 없이 '초현실'의 풍경으로 가득하다. 실제 있을 법한 장면으로 진행하다가 초현실적 사물이나 상황이 '자연스럽게' 밀고 들어온다. 현실 운동이 도무지 예측 불가한 지경에 이르면, 그 현실을 '초현실'로 느낄 수밖에 없으리라. 오래 곱씹을 만한 표현들로 반짝인다. "내가 죽고 내 몸을 구성했던 원자들이 자유로워졌을 때 … 내가 결코 가 볼 수 없었던 온 우주를 널리 다녀 보기를 바란다고 이야기한 사람"이라든가, "나쁜 꽃들이 깊은 생각에 골몰하고 있는 밤", "꽃들은 옳았다 너무나 옳아서 숨이 막혔다" 같은 구절이다.

남자는 언어를 잃았다

조원효 시의 제목은 「청계천 담화」, 「홍대 여관」, 「안성 광신 로타리」, 「새절역 고시텔」에서 보듯 구체적인 지명들로 되어 있다. 장소(place)란 개인의 구체적 경험이 각인된 주관적 공간이다. 그 장소엔 특별한 기억과 사건 그리고 잊을 수 없는 사람이 있기 마련이다. 지금 그 장소가 사라졌다 해도 이미 나를 구성하고 있는 낙인(stigma)으로 존재한다. 주체에게 장소는 절대이자 필연이다.

하드보일드한 살인극이자 추리극인 「청계천 담화」를 지배

하고 있는 감각은 촉각이다. "달팽이가 끈적거리며 허벅지 위를 기어가고 죽은 발목이 잎사귀를 간질이고"라든가, "수조 속의 손가락", "그네가 툭 끊어져 발등을 산산조각 내버릴 때도" 같은 구절이 그 예다. 아버지 또는 어머니에 관한 기억은 어둡고 검은 끈끈한 점액질의 물과 같다. '청계천'은 오래 그런 촉각으로 상기될 것이다.

「홍대 여관」을 관통하는 이미지는 상하 운동이다. 계단과 엘리베이터, 술래잡기, 칸막이, 욕조와 싱크대와 같은 낱말들이 공간적 배경을 구성하고 있다. 좋아했던 또는 사랑했던 사람에 관한 기억인 듯. 지금은 서로 떠나 있으므로 '기억'으로서 존재하는 것일 테다.

「안성 광신 로타리」는 아마도 폭력에 가장 많이 노출되었던 장소일 것이다. '교과서, 책장, 페이지, 멍청한 새끼, 빈 종이, 청 자켓, 담배, 의자'는 학교를 다녀 본 10대의 필수 기억 단어 아닌가. 그때의 정서가 '찐득한' 촉감 속에 표현되고 있다.

「새절역 고시텔」의 인물들은 각기 독립 공간을 점유한다. 삶의 독립성을 유지하면서 서로 경계하거나 관심을 기울인다. 관계 맺음의 코드를 선별하거나 배제하는 작업을 각자의 공간에서 진행하고 있는 것이다. 이 시의 중심인물은 시인 자신이고, 시점은 현재가 아닐까? "다음날부턴가 남자는 언어를 잃었다"는 #3의 구절이 그 증거다. 모든 시들이 장소와 연관된다는 점에서 조원효의 시는 영화적이다. 영화적인 것과 시적인 것의 무수한 교환을 무리 없이 진행하고 있는 시인이다.

세계-내-존재

최지인의 시 「문제와 문제의 문제」는 종말론 이야기로 읽힌다. "네가 언제 어디서든 내 생각을 읽을 수 있"는 새로운 세계의 "미래에는 전쟁이 일어"날 거라고 짐작하기 때문이다. 그런 와중에도 너와 나와 그는 "회사에서 밤샘 작업하고/ 책상에 엎드려 쪽잠"을 자고, "굶어죽지 않으려면 일해야" 했다. 종말로 치닫는 세계에 탑승한 이들이 속엣말을 한다. "노래하지 않는다면/ 나는 곧 잊혀지겠지"(4.), "이미 벌어진 일은 되돌릴 수 없다"(7.), "모두 한마음으로 힘들어하겠지"(8.), "항상 그래 넌/ 그렇게 변명하지"(9.), "계속 나아가지 않으면 고이기 마련이지"(0.). 소외되고 단절되어 있으면서도 디지털 커뮤니케이션의 이면에서 들려오는 속엣말들에 귀 기울인다.

각자 닫힌 마음으로 세상과 사람들, 자신에 관한 단언을 하고, 부정명제를 통해서 삶의 이치를 규정한다. 그것으로 현재의 '나 자신'을 용인하고 있다. 나, 너, 그의 취약함을 부정명제로 은폐한 다음, '세계'가 객관적으로 그렇다고 말한다. 변명 같은 단언이다. 그렇지만 그럼에도 약한 이들은 같은 조건의 세계에 닮은꼴을 하고, 아직은 함께 살아가고 있다. 서로를 알지 못하지만, 굳이 말하지 않아도 충분히 알 것 같은, '세계-내-존재'들이니까.

「제대로 살고 있음」은 더욱 본격적으로 '여러 개의 목소리'를 들려준다. 속말이 아닌 공개적 수다, 말 걸기, 진실한 충고, 정치적 발언, 언성을 높인 말다툼인 목소리다. 목소리가 표면으로, 지상으로, 대기로 상승하는 일이 바로 '제대로 살기'다.

「포스트 포스트 펑크」와 「진북」은 앞의 목소리 시편들과 유 (類)를 달리한다. 두 편 모두 자전적 느낌이 난다. 「포스트 포스트 펑크」는 일탈과 질투와 분개의 날들에 힘을 쏟은 만큼 "나이 들게 하는" 거란 걸 마침내 알게 되었다는 시다. 「진북」은 아버지의 아버지 그리고 아버지. 그리고 서른하나가 된 '나'의 전사(前史)가 무심하고 건조한 톤으로 진술된다. 많은 사연들이 진술의 행간에 가득하겠지만 다 묻고 뼈대만 추려서 보인다. 살까지 붙이면 너무 장황할 테고, 구차스러울 테니까. 그건 시 인의 스타일이 아닐 테니까.

경驚.기記.문文.학學 43

목소리들

16인의 시인들이 함께하는 앤솔로지

초판 1쇄 발행 2020년 9월 15일

지은이	권성훈 권오영 권현지 김병호 김태경 문성해 박헌규 배경희
	유종인 윤의섭 이미영 전영관 정세훈 조길성 조원효 최지인
펴낸이	김태형
펴낸곳	청색종이
등록	2015년 4월 23일 제374-2015-000043호
주소	서울시 영등포구 문래동2가 14-15
전화	010-4327-3810
팩스	02-6280-5813
이메일	theotherk@gmail.com

ⓒ 16인의 시인들, 2020

ISBN 979-11-89176-43-3 03810

이 도서의 국립중앙도서관 출판예정도서목록(CIP)은 서지정보유통지원시스템 홈페이지(http://seoji.nl.go.kr)와 국가자료공동목록시스템(http://www.nl.go.kr/kolisnet)에서 이용하실 수 있습니다.(CIP제어번호: CIP2020036254)

이 도서는 경기도, 경기문화재단의 문예진흥기금으로 발간되었습니다. 저작권법에 따라 보호받는 저작물이므로 저작권자와 출판사의 허락 없이 복제하거나 다른 용도로 사용할 수 없습니다.

값 6,800원